Los dioses también aman

DAVID CALVO
CELOPAN

LOS DIOSES TAMBIÉN AMAN

mr

El papel utilizado para la impresión de este libro
es cien por cien libre de cloro
y está calificado como **papel ecológico.**

Diseño de interior: María Jesús Gutiérrez
Fotografía del autor: Andrea Compton

Ediciones Martínez Roca, sello editorial de Editorial Planeta, S. A.
Avda. Diagonal, 662-664
08034 Barcelona
www.mrediciones.com
www.planetadelibros.com
Primera edición: octubre 2015
ISBN: 978-84-270-4215-5
Depósito legal: B. 19.482-2015
Preimpresión: Safekat, S. L.
Impresión: Huertas, S. A.
Printed in Spain-Impreso en España

Abuelos que me enseñaron lo que es el trabajo duro,

Amigos que tendieron siempre su mano,

Padres que nunca fallaron,

A vosotros.

A Octubre,

Al *ragazzo* que llegó un día y rompió todos mis esquemas.

A ti.

Siempre fue para ti.

ENTRE NOSOTROS

No

hay

prisa

no

hay

prosa

entre tú

y

yo

solo

hay

p

o

e

s

í

a.

Diego Ojeda, *A pesar de los aviones.*

Érase una vez una hermosa Cenicienta y un inofensivo lobo.

Que permanezcan a un lado clichés y antihéroes.

Hagamos esta primavera algo menos sangrienta,

algo más hermosa.

capítulo 1

UN DÍA PARA RECORDAR

Era un sábado caluroso de mayo en Madrid. Apenas había una nube en el cielo y daba la impresión de que todo el mundo estaba contento. Hasta los informativos de la televisión no habían abierto dando trágicas noticias. Todo parecía perfecto, como si se tratase del día más feliz del mundo.

Alma se dirigió hacia el recinto ferial con su precioso poema en el bolsillo. No se separaba de él. Ese era el día. Por fin iba a conocer a las dos personas que tantas tardes le habían hecho sonreír.

Decidió soltarse el pelo. Era un día especial, para no llevar coleta. Sacudió ligeramente la cabeza. Los rayos se reflejaron sobre su cabello haciendo que brillase de una forma casi divina. Al acercarse al recinto sus latidos se intensificaron. Estaba viviendo un sueño. No podía creer que aquello le estuviera pasando.

No tardó en ver la aglomeración de gente. No era para menos. Estaba a las puertas de una de las ferias de videojuegos más importantes, donde se presentarían las próximas novedades y tendencias del año. Como era de esperar, había un montón de personas reunidas en diferentes grupos. Hablaban y reían sin parar de su mayor afición. También andarían por allí algunos *youtubers*, interesados en conocer a sus fans. Daniel y Cristian, los que ella seguía especialmente, se habían tomado la molestia de preparar un simpático concurso literario entre sus incondicionales. Buscaban la carta más original, aquella que les llegase al corazón. Y ese era el motivo de que Alma se encontrase allí. Había quedado finalista con una carta en forma de poema.

Alma se imaginó cómo sería su encuentro con los *youtubers*. Nunca los había visto, pero había pasado tantas y tantas horas con ellos a través de una pantalla que ya los consideraba amigos. Sin duda, compartía este sentimiento con los miles de asistentes que la rodeaban. Y hoy los iba a conocer en persona.

Estaba nerviosa y sorprendida. Jamás había visto a tanta gente junta y tan diferente al mismo tiempo. Se respiraba un ambiente de celebración y felicidad. Desde luego, en aquel día no podía ocurrir nada malo.

Fascinada por todo cuanto la rodeaba, se acercó a la taquilla de las entradas. Afortunadamente, no había demasiada cola. Sintió ternura al ver a un niño de apenas once años que abandonaba la fila acompañado por su madre.

Cuando llegó su turno, recogió sus entradas en calidad de finalista del concurso que, de hecho, inauguraba el evento. La taquillera le indicó amablemente el lugar por el que debía acceder al recinto. Alma sonrió y se apresuró hacia allí. Se sintió especial al ver que nadie más accedía por aquel sitio. Un miembro de seguridad apartó la cinta roja y Alma fue acompañada por él a una zona privilegiada. Por un momento, se vio a sí misma como una estrella. «Voy a conocerlos», pensó. Su corazón se aceleró aún más.

Le invitaron a pasar a una sala donde se encontró con los otros dos finalistas. Se trataba de Laura y Jaime. Laura era una chica morena de mediana estatura y delgada, que lucía una camiseta ceñida y unos *shorts*. Por su parte, Jaime era alto, con el pelo rubio muy corto y de aspecto un tanto descuidado. Se presentaron y empezaron a compartir emociones, aunque Alma no intervino demasiado. Estaba tan nerviosa que intentó calmarse observando los pocos detalles que destacaban en aquella habitación. Unas paredes blancas iluminadas por luces modernas, una puerta casi imperceptible y un sofá rojo. Todo ello en apenas veinte metros cuadrados.

Los tres estaban tensos, deseosos de saber quién resultaría ganador por la carta dedicada a sus ídolos. Incapaces de permanecer en pie, se sentaron en el sofá rojo.

Alma movía su pierna nerviosamente. Se preguntaba qué pasaría si su carta resultaba ganadora. ¿Tendría que leerla en público? ¿Cómo serían las cartas de los demás finalistas? Algo en su interior le decía que su texto no era tan bueno. No había sido capaz de transmitir ni la mitad de lo que sentía. No, era imposible que ganara.

De pronto, la puerta se abrió y entró una mujer con un vestido amarillo chillón. La acompañaba Daniel, el *youtuber* que había dado sentido a la vida de muchos jóvenes, incluida la de Alma. Daniel era un chico atractivo, de aspecto alocado. Llevaba puestas una gorra y una chaqueta, además de unas deportivas azules. Alma se sintió abrumada al verlo y se puso tan pálida como las paredes que la rodeaban. Laura no pudo contener su excitación.

Daniel se acercó hasta ellos y los saludó uno a uno. Alma fue la última a quien dio dos besos en la mejilla.

—Antes de nada quiero daros las gracias por estar aquí —dijo, sonriendo—. No sabéis cuánto significa para mí encontrarme con gente que ha escrito unas palabras tan cariñosas. De verdad, nos han llegado al corazón.

Alma sintió la sinceridad de sus palabras. De hecho, lo notaba un tanto nervioso, como si fuese incapaz de expresarse como a él le gustaría. ¡Y eso que se dirigía a millones de personas en Internet!

Los tres chicos permanecieron callados. Sonreían tímidamente, pero no hablaban. Era como si estuviesen flotando en una nube. No podían creerse que aquello fuese real. ¿Estaba Daniel ahí realmente? Lo habían seguido a diario durante años y les parecía increíble que estuviese delante de ellos.

Entonces, la mujer que acompañaba a Daniel rompió el incómodo silencio:

—Enseguida vendrá Cristian, que ha tenido que ultimar unos detalles —aclaró—. Ya sabéis, como es la inauguración... En cuanto venga, subiremos al escenario y allí anunciaremos el ganador en un pequeño acto.

Laura y Jaime aprovecharon para decirle a Daniel lo mucho que seguían todo cuanto hacía y cómo les había cambiado por completo. Daniel asintió, aunque no les prestó demasiada atención. Tenía sus ojos clavados en Alma. Ella, sin embargo, seguía en estado de *shock* y se aferró con fuerza al poema. Cuando se percató de que la estaba observando, se puso colorada y agachó la cabeza. Daniel sonrió.

Entonces Cristian irrumpió en la sala con su peculiar saludo levantando una mano. Destacaba su rostro de aspecto aniñado, con pelo corto de color castaño y ojos marrones. Iba vestido con una camisa de cuadros azul y verde. Cuando terminó los saludos, les invitaron a abandonar la habitación. Había llegado el momento de dirigirse al escenario.

Al salir por la puerta, Laura cogió la mano de Alma. Trató de animarla, diciéndole que se tranquilizara. «Esto no es un sueño. Todo va a salir bien. Disfruta del momento», se decía Alma a sí misma, intentando seguir el consejo de Laura. Sin duda, habría disfrutado mucho más de la situación de no haber sido por lo tensa que estaba. No dejaba de resultarle curioso contemplar a los *youtubers*, tan reales. Eran tal y como ella se los imaginaba. Daniel y Cristian caminaban por delante de ellos, acompañados por aquella mujer que les explicaba algo en voz baja a medida que se acercaban al escenario. Un par de metros por detrás de ella iba Jaime, que no paraba de repetir: «¡Oh, Dios mío!».

Los tres finalistas subieron al escenario. Desde allí vieron una multitud que aguardaba ansiosa la presencia de sus ídolos. Alma calculó que en aquel pabellón podía haber más de mil personas. Entonces, sintió que empequeñecía. Se sentó en una de las tres sillas que habían colocado para ellos y respiró hondo. Empezó a dolerle el pecho. El corazón no podía ir más deprisa. Y el número de visitantes crecía sin parar.

Cuando aparecieron en el escenario Daniel y Cristian, se desató la locura. Aplausos, gritos, *flashes* de cámaras, móviles grabando... Alma intentó mantenerse ajena a todo aquello. Simplemente, sonrió.

Pasados unos instantes, la mujer del vestido amarillo intentó calmar a la gente, al tiempo que daba la bienvenida al evento.

—Gracias. Gracias a todos —dijo, pidiendo silencio con las manos—. Sé que estáis deseando probar los juegos más esperados. No os preocupéis. Enseguida podréis hacerlo. Antes que nada, me gustaría presentarme. Mi nombre es Verónica Álvarez y soy miembro del comité organizador. Me siento halagada de poder estar hoy aquí compartiendo estas palabras con todos vosotros, unidos por una misma afición.

Los gritos y los aplausos inundaron el pabellón. Una vez se calmaron, Verónica cambió su tono para presentar a las personas que la acompañaban en el escenario.

—Como sabéis, hoy nos acompañan dos de los *youtubers* más conocidos de España. Hablamos de Daniel y Cristian.

El saludo de los *youtubers*, lanzando besos a la gente, desató una nueva oleada de gritos. Se podían ver carteles hechos a mano y gente que incluso había roto a llorar. La presentadora sonrió y pidió calma.

—Bien, ha llegado el momento de recompensar a quienes tenéis algo que decir. Como bien sabéis, hace unos meses organizamos un concurso. Entre todas las cartas dirigidas a Daniel y Cristian, se seleccionarían las tres más originales como finalistas. La participación ha sido increíble. Me consta que ha habido cartas de muy alto nivel y muy emotivas. Pero siempre hay que elegir... Los finalistas, tras mucha deliberación, han sido Laura, Alma y Jaime, aquí presentes en el escenario. Sin embargo, solamente uno de ellos podrá hacerse con el lote de productos de nuestra empresa patrocinadora y las dos entradas de cine.

El corazón de Alma amenazaba con salir de su pecho. Si ganaba, tendría que leer su carta ante toda aquella gente y las cámaras. «Habría preferido que me hicieran ganadora estando en casa...», pensó. Pero rápidamente descartó aquella idea. El simple hecho de ir a un evento como aquel era un reto que ella misma se había impuesto. «Debes afrontar esto. Tú puedes», se animó.

—Y el ganador es... —anunció de pronto la presentadora, sacándola de su ensoñación. La mayoría de las miradas se dirigieron hacia Jaime, el único chico finalista—. ¡Alma!

Alma se quedó de piedra. ¿Había ganado? ¿Era posible? Como si le hablasen desde otro mundo, oyó que la invitaban a acercarse a recoger el premio y a leer el poema ganador. Tardó unos segundos en reaccionar. Las manecillas de su reloj parecían avanzar muy despacio. Se levantó de la silla y caminó hacia el atril oyendo el ajetreo a lo lejos. La madera crujió a su paso. En ese momento la miraban más de mil personas. Y, lo más importante, entre ellas estaban las dos que le habían cambiado la vida por completo.

Emocionada, Alma cogió los regalos de manos de la presentadora y posó para los fotógrafos.

—Y ahora, Alma nos va a leer la carta que la ha hecho digna ganadora de estos premios.

Alma tembló. Se volvió para dejar los regalos en la silla donde había estado sentada. Jaime y Laura sonrieron y la felicitaron con señas. Regresó al atril, pero ya no oía nada. Miró al público de nuevo y vio gente. Mucha gente. Entonces, intentó fijar su mirada en el papel que sostenía entre sus dedos. Seguía temblando.

Lo colocó sobre el atril y se fijó en el texto.

AMIGOS DETRÁS DE UNA PANTALLA

Hubo un tiempo en que no tenía fuerzas
Ni siquiera para mirar atrás.
Hubo un tiempo en que no tenía ganas de nada,
Ni siquiera de ser feliz.

Mis problemas no eran mayores que los de los demás,
Sin embargo, consiguieron hundirme entre lodo y miedo.
Entre mentiras, engaños y decepciones,
Acabé en lo más hondo del fango.

Y llegaste, me cogiste de la mano y me salvaste.
Sin estar aquí presente, sin tan siquiera tocarme
Fuiste mi salvación, detrás de una pantalla.

Ahora dime que no he ganado, no me importa.
Con decirte lo que eres para mí
Todo lo demás sobra.

Trató de olvidarse de toda esa gente que estaba frente a ella. Su corazón latía sin parar. Nervios. Un escalofrío recorrió todo su cuerpo y se desplomó.

Un silencio sepulcral invadió el recinto. Uno de los guardias de seguridad reaccionó con rapidez y ayudó a la presentadora a recoger a Alma. Otro de los encargados de la organización les guio hasta un cuarto cercano. Daniel y Cristian abandonaron el escenario, bastante preocupados por lo que acababa de suceder.

Alma despertó en una habitación, recostada sobre un sofá. Estaba bastante desorientada. Por eso la sometieron a una batería de preguntas. Ella explicó que no era la primera vez que le pasaba algo así. En situaciones de mucha presión a veces le daban bajadas de azúcar y, sin duda, eso era lo que le había sucedido. La hidrataron bien antes de permitirle incorporarse.

Los organizadores del evento estuvieron atentos en todo momento e insistieron en llamar a alguien de su familia. Sin embargo, Alma prefirió no darle mayor importancia al asunto.

Cuando ya se encontraba mejor, Alma coincidió con Cristian y Daniel. Los dos fueron muy amables y se interesaron por su estado. Ella les respondió que estaba bien y les agradeció su atención. Finalmente, ambos se despidieron de ella y desearon volver a verse en otras circunstancias.

Alma se encaminó a la estación de metro más cercana, cuando notó cómo un chico la observaba y la seguía desde la distancia. El chico intentó llamar su atención con gritos, levantando una bolsa que tenía en la mano. Ella no le hizo el menor caso y apretó el paso.

Al ver que el chico se acercaba, Alma se preocupó. Entonces sintió cómo la agarraba de la mano.

—¿Qué haces? ¡No me toques! ¿Quieres que llame a la Policía? —amenazó Alma.

—Tranquila, solo quería saber si estabas bien —contestó el chico—. Te vi caer en el escenario y me preocupé.

Fue un instante mágico. Un chispazo. Alma se fijó en sus ojos del color de la miel y quedó fascinada por su belleza. Era un chico algo mayor que ella. Tenía un tono de piel moreno y unas facciones muy bien definidas. Su pelo era castaño y lo llevaba perfectamente peinado, con un pequeño tupé. Iba vestido con una camisa blanca, algo ceñida, bajo una chaqueta negra. En su mano derecha lucía un curioso anillo. Todo en él parecía perfecto.

Alma sintió que se iba a desmayar de nuevo.

—Me sentí diminuto cuando te vi caer al suelo —dijo, tratando de atraer su atención—. No podía seguir mirando al escenario y hacer como si nada. He permanecido en todo momento cerca de ti.

Alma quedó impresionada.

—¿Haces eso todos los días? —preguntó con un tono burlón.

Él le dio la espalda y miró al horizonte.

—No, desde luego que no —replicó él—. No todos los días encuentro ángeles que escriban tan bien.

Alma no pudo evitar sonrojarse.

—¿Cómo has leído mi carta? ¡No me he separado de ella! —le reprochó, algo enfadada—. ¿No te han dicho nunca que no toques las cosas de los demás?

—La verdad es que no —contestó él—. Sin embargo, sí me enseñaron a ayudar a damas en peligro. Estabas inconsciente y se te cayó el papel... ¿Qué culpa tengo yo de eso? —dijo, girándose para verla de nuevo.

Empezaba a ponerse nerviosa. No sabía qué decir. Miró la cazadora negra del chico y fue cuando se percató de que llevaba la bolsa con su premio.

—Es todo un detalle por tu parte haberlo recuperado —señaló Alma.

—Gracias.

—¿Vas a devolvérmelo? —extendió su mano—. ¿O tienes pensado quedártelo?

—¿Quieres un premio? —le dijo, poniéndole morritos mientras reía—. Yo te lo doy.

Alma no pudo contenerse y le dio un bofetón. Miró su mano, como castigándola por haberlo hecho, y él paró de reírse al instante. Alma cogió la bolsa y se marchó.

—Aunque haya sido de esta manera, ha sido un placer conocerte, chica borde... —murmuró él, acariciándose la mejilla.

A pesar de su calentón inicial, Alma pensó por qué aquel chico había permanecido atento a ella. Después de todo, solo había querido ayudar. ¿Qué había de malo en querer un beso como recompensa? Cualquier chico lo habría deseado, ¿no? Alma se echó en cara haberse comportado de una manera tan infantil al ruborizarse y, sobre todo, propinándole aquel bofetón. Además, estaba para derretirse…

«Estas cosas solo me pasan a mí…», pensó Alma. «¿Por qué siempre acabo fijándome en los guaperas que luego me rompen el corazón? Es igual. Mejor no darle más vueltas al tema. No creo que nos volvamos a encontrar nunca. Será una anécdota más que contar…».

Una vez en el metro, abrió la bolsa para ver sus premios. Dos entradas de cine, un teclado y un ratón de última generación… Entonces se fijó en un detalle. En el envoltorio de plástico del ratón, Alma vio algo escrito. Un número de teléfono. ¿Sería posible? ¡Aquel chico le había dejado escrito su número de teléfono junto con una sonrisa!

Tal y como había pensado, nada podía salir mal aquel día. Y ella, inevitablemente, también sonrió.

Ni a robarle una pizca de belleza a Venus te atrevas,
pues todo lo que eres
es todo lo que me gusta.

Cupido

capítulo 2

I'M LOST IN PARADISE

El Olimpo de los Dioses era el lugar más hermoso que un mortal jamás podría llegar a imaginar. Más allá de sus suelos de mármol y esas columnas lujosamente talladas, desde allí se admiraba un paisaje maravilloso, mientras el tañido de un arpa resonaba en el ambiente. Una cascada de rayos de sol acarició la comida que estaba colocada sobre la larga mesa de cristal del centro de la estancia.

La imponente figura de Marte permanecía sentada en un sillón dorado, únicamente preocupado en acariciar su barba, mientras contemplaba las aguas del estanque cercano. Lucían mansas y cristalinas. Allí el tiempo parecía tener otro reloj que le marcara las órdenes.

—Últimamente las cosas están demasiado tranquilas —apuntó Marte, con un tono de voz grave, rompiendo el agradable silencio—. Paso demasiadas horas sentado en este sillón.

Las otras deidades que había en la sala le miraron. Eran Venus y Cupido, madre e hijo. La belleza de ambos era propia de su categoría. Venus irradiaba una hermosura sin igual, con ese largo cabello rubio que le llegaba a la cintura. Caminó unos pasos con tanta delicadeza como si lo hubiese hecho sobre el agua. Posó sus dulces manos sobre los hombros de su marido, intentando relajarle. Marte gruñó, mientras acariciaba el yelmo de oro que tenía entre sus brazos. Él, un dios de la guerra, se veía obligado a estar sentado, sin hacer nada. Echaba de menos los tiempos de combate y la dureza de la batalla. Sonrió al recordar su último enfrentamiento. Empuñaba una larga espada. Nadie se atrevía a desafiarle. Nadie…

—Como si fueras a hacer algo si mañana se declarara una guerra en Occidente.

La intervención de Cupido le sentó como una bofetada. Marte se puso en pie de un salto. Su hijo ni se inmutó. Permaneció inmóvil, de brazos cruzados.

—¿Quién lo dice? ¿El que se dedica a ir por el bosque leyendo poesía y aventurándose por estúpidos sitios de la Tierra?

—¿Acaso tú haces otra cosa aparte de pensar en la guerra? —replicó de inmediato Cupido.

—¡Tú no sabes lo que es la guerra! —gritó Marte.

—¡Y espero no saberlo nunca!

—¡Ya basta! —exclamó Venus—. Dejad de discutir como niños pequeños.

Las palabras de Venus dieron por zanjada la pelea. Estaba claro que entre ambos la relación era muy tensa. Siempre había sido así. Eran dos puntos de vista totalmente opuestos. Por eso, padre e hijo siempre se enfrentaban.

Venus sonrió a su hijo y con un gesto amable le pidió que la acompañara. Se adentraron en otra sala, repleta de cerámicas y de tallas. Venus cerró las puertas y se cercioró de que no hubiese nadie.

—Hijo, no puedes estar discutiendo siempre con tu padre. Sabes bien que es muy temperamental. No le provoques —recomendó Venus con un tono amable.

—Lo sé, pero ya no aguanto más esta situación —replicó Cupido—. Él hubiese querido que siguiera sus pasos. Que fuese su lugarteniente. Pero eso no va conmigo. Lo mío es el amor, no la destrucción.

Venus sonrió.

—Siempre ha sido así, y no tiene nada de malo.

—Sí que lo tiene —replicó Cupido—. Siento que este no es mi sitio. Mi corazón está... Está...

—¡Por todos los dioses, Cupido! No puede ser… —exclamó Venus—. ¿Has vuelto a bajar?

—Así es —reconoció el joven dios—. Creo que he encontrado a alguien que vale la pena.

El rostro de Venus se ensombreció al oír aquellas palabras. Sabía que solo podían anunciar más problemas.

—No puedo dejarte ir, hijo… —le dijo, volviéndose a él—. Ya cometiste un error grave la otra vez. ¿No aprendiste la lección?

—Ya soy mayorcito para hacer lo que quiera —replicó Cupido—. Además, nunca parecieron preocuparte mis sentimientos, así que me sorprende que ahora te afecte tanto.

—¡Siempre me he preocupado por tus sentimientos! ¡Soy tu madre!

—Entonces, apoyarías mi decisión —dijo Cupido—. Pero tú solo quieres verme aquí y que me una a quien tú escojas. Quieres controlar mi vida.

Los ojos de Venus se cerraron por un momento. Aquellas palabras se clavaron como dardos en su corazón. ¿Cómo podía convencer a su hijo de que estaba equivocado? Pasados unos segundos, Venus abrió los ojos y le hizo prometer que jamás revelaría su secreto a nadie.

—Nadie debe saber tus orígenes ni quién eres realmente. Eso podría provocar una brecha entre los dos mundos. Sabes bien que tu padre jamás lo permitiría. Y yo tampoco. Debes prometerme que eso no pasará.

—Te lo prometo.

—Te advierto de que todos cuantos averigüen tu secreto quedarán condenados a un destino fatal.

Cupido suspiró. Siempre estaban las amenazas. El poder del miedo. Pero nada de eso lo detendría. Su decisión era firme. Dio un abrazo a su madre y se despegó de ella con una frialdad inmensa. Así como la relación con su padre era siempre como un volcán en erupción, con su madre era radicalmente opuesta. Fría como un témpano de hielo.

El joven dios abandonó la estancia seguido por su madre. Caminó hasta una de las columnas y observó desde allí el hermoso paisaje. Supo que a partir de aquel instante las cosas iban a ser muy diferentes.

Entonces Cupido sacudió sus dos alas. Eran majestuosas, colosales. Sus largas plumas blancas le permitían planear y dirigirse allá donde quisiera. Se giró hacia su madre, y esta le devolvió una gélida mirada al ver cómo emprendía el viaje de retorno a la Tierra. Un par de plumas fue todo el recuerdo que quedó de Cupido en el Olimpo, flotando hasta caer con suavidad sobre un suelo de mármol.

La ira de Venus se hizo patente. De inmediato mandó llamar a una joven de su confianza y le explicó lo sucedido con rabia y agresividad.

—No puedo permitir que ocurra de nuevo —le dijo—. No debe involucrarse en los asuntos de los mortales y mucho menos relacionarse con ellos. Su lugar está aquí, entre nosotros.

—Entiendo —asintió la recién llegada.

Se hizo un silencio. Venus puso su mano en el hombro de aquella hermosa joven de largos cabellos color platino.

—Vigílalo y no permitas que cometa errores —ordenó Venus—. Haz que regrese aquí y podrás tenerlo por toda la eternidad. Será tuyo, como siempre has querido.

La joven asintió.

Ese impulso que fue ir tras de ti…
el inicio del descontrol de todos mis sentidos.

Cupido

capítulo 3

ENVIADO

Alma estaba en su habitación. No podía dejar de dar vueltas. Se movía sin parar de la cama al escritorio y de este a la cama. Sobre su mesa yacían desparramados sus apuntes, una libreta y su teléfono móvil. Clavó la mirada en la pantalla de cuatro pulgadas del aparato. No sabía si era mejor contestar o permanecer callada. Habían pasado dos días y se moría de ganas por decirle algo.

Alma suspiró y se tumbó en la cama. Pensó que podía contestarle: «Hola. Eres el chico más guapo que he visto en mi vida. ¿Qué te ha dado conmigo? ¿Acaso quieres secuestrarme? Quizá me dejo». Rápidamente rechazó la idea. Sin duda, aquello lo asustaría. Entonces volvió a consultar su WhatsApp.

Chico del evento

última vez hoy a las 19:50

Alma estaba de los nervios. Comprobó que había estado conectado hacía veinte minutos. «¿Con quién habrá hablado? ¿Hay otra chica en su vida? ¿Y si es así?», se preguntó.

«Alma, serénate», se dijo en voz alta. Sabía perfectamente que no había nada entre ellos. Sonrió por la tontería que se le acababa de ocurrir.

Entonces, la pantalla volvió a cambiar.

Chico del evento

en línea

Al ver que se acababa de conectar, Alma no pudo evitar el impulso de escribir.

—Hola. ¿Quién eres? Tengo tu número apuntado en un regalo...

Una señal en el móvil indicó que el mensaje se leyó al instante. El corazón de Alma le golpeó el pecho como un puño.

—Hola. Yo sí sé quién eres. Una chica preciosa con los ojos más bonitos que he visto en mi vida.

Ella se sonrojó al instante. Sus pulgares se movieron nerviosos sobre la pantalla. No sabía qué contestar.

—Bueno, seguro que has apuntado tu teléfono en muchos regalos de chicas con ojos bonitos. Dudo que sepas realmente quién soy.

«Seguramente ni me recuerde», pensó Alma. «Han pasado dos días y a saber si es él realmente».

—Pues eres la única chica a la que le he dado mi teléfono en mucho tiempo. Si apuntase mi número en muchos regalos, no sabría quién eres. Y tú eres la chica borde que me dio un bofetón cuando te iba a dar lo mejor de mí.

Una sonrisa se dibujó en la cara de Alma.

—¿Cómo te llamas? Para mí ahora mismo eres el «Chico del evento».

—Te diré mi nombre si aceptas lo mejor de mí.

Alma rio. Corrió hacia su ventana y la abrió para que corriese un poco el aire. Se sentó sobre el alféizar. Contempló la puesta de sol mientras se pellizcaba el labio pensando en una buena respuesta.

—¿Quieres que te dé un beso a cambio de que me digas tu nombre?

La respuesta no tardó en llegar.

—Sí, eso estaría bien. Como te gustará, después del nombre te podría dar más detalles.

—Pues sigue esperando, chaval.

«Este chico es tonto. ¿Por qué me emociono? Se está comportando como un crío. Como todos».

—Ser tan borde duele, ¿sabes? Yo también tengo sentimientos.

En ese instante, la puerta de su habitación se abrió. Era su madre.

—Alma, la cena está lista —le dijo—. Acaba de llegar tu padre… ¿Se puede saber qué haces en la ventana?

Alma apartó el móvil y la miró con una sonrisa inocente. Su madre era una mujer alta, de pelo corto y ojos azules. Parecía cansada. Le habían aparecido ya algunas arrugas en la frente que ni siquiera un poco de maquillaje conseguía ocultar.

—Estoy ocupada, mamá —contestó Alma, señalando su móvil.

—Está bien. No tardes —indicó su madre, cerrando la puerta.

«Voy a despedirme de él. No quiero parecer una obsesa. Si quiere, ya me dirá algo».

—Tú ya sabes mi nombre, pero puedes guardarme como «Chica borde» si quieres.

—Desde el primer instante te puse ese nombre junto con un corazón.

«Este chico es idiota. Pero me gusta», pensó Alma.

—Me tengo que ir. Tengo que cenar y estudiar para mañana. Ya hablaremos. ¡Un beso!

—Vaya, además de borde, también eres empollona. Eso es bueno. ¡Un beso enorme! ¡Ya hablaremos!

Alma bloqueó su móvil y cerró por un instante los ojos. «Quién no querría besar esos labios tan carnosos. Quién no caería rendida a sus pies. Esto debe de ser un sueño. Que nadie me despierte», se dijo. Después, abandonó el alféizar y salió de su cuarto, directa al comedor.

Ya no hay vuelta atrás.
Y lo prefiero.

Cupido

capítulo 4

LA CABEZA EN OTRO LADO

Vosotros mismos sois una marca. No llevaréis pegado un código de barras, pero cada uno tiene una identidad única que os define. Exactamente igual que cualquier marca.

A Carlos, el profesor de Economía de la Empresa del instituto donde estudiaba Alma, le encantaba empezar sus clases con símiles. Era su forma de intentar captar la atención de los estudiantes y que se centrasen en la lección. Sin embargo, Alma era la única que mostraba verdaderamente interés en su asignatura.

Le gustaba la manera de impartir clase de Carlos. Era un profesor experimentado, de unos cuarenta años. Tenía canas y alguna arruga en la cara, pero su aspecto era agradable. Alma trataba de atender a sus explicaciones, tomando nota de todo cuanto consideraba interesante. Mientras tanto, de forma disimulada, también aprovechaba para hacer los ejercicios que tocaban para ese día.

Aquel día lo dedicaron a las marcas. Mientras Carlos hablaba, Alma escuchaba moviendo lentamente su coleta con el bolígrafo. Estaba atenta a la explicación. Cuando no entendía algo, hacía una pequeña mueca de insatisfacción. Pero no se desanimaba, ya que aquella asignatura le fascinaba.

Economía de la Empresa —*Empresa*, llamada coloquialmente—, era su segunda clase del día. Justo antes habían sufrido una demoledora hora de Matemáticas de la que no había entendido absolutamente nada. ¿A quién podían importarle las derivadas?

—¿Alguien puede decirme que es una marca blanca y cuáles son sus características? —preguntó entonces Carlos.

Todos los presentes sabían la respuesta, pero ninguno respondió.

—¿Nadie se anima a contestar? —El silencio se hizo mayor—. Muy bien. En ese caso, id a la página 120 y haced un resumen. Después resolved los ejercicios de la página 124 —dijo, visiblemente enfadado.

Alma sintió pena por él. Normalmente, ella sabía las respuestas de todo cuanto preguntaba. Si no levantaba la mano era por miedo a la reacción de sus compañeros. Además, Alma era una chica muy tímida y no quería destacar ni dar motivos a los demás para que se metieran con ella. Por eso, cuando era preguntada, casi siempre respondía con un «No lo sé» o un «No he hecho este ejercicio».

Aquella actitud había motivado que la mayoría de sus profesores pensasen que se desentendía de las clases. Carlos parecía el único profesor que la comprendía. Desde que la conoció le ofreció su ayuda, le dio consejos y la tranquilizó diciéndole que se esforzara en los exámenes. Le dijo que aquel sería su criterio de evaluación, algo que ella siempre agradeció.

Al margen de su timidez, Alma no era demasiado sociable. No estaba cómoda entre los chicos y chicas de la clase y sentía que nadie la comprendía. Se equivocaba. Lo cierto era que entre sus treinta compañeros había muchos que la admiraban y la respetaban. Gente que, incluso, se le había acercado para entablar conversación. Pero ella no terminaba de abrirse.

Alma escuchó un carraspeo. Eran David y Fernando, que se sentaban detrás. Los dos eran altos. David era rubio y delgado, mientras que Fernando era castaño y regordete. Eran polos opuestos, pero grandes amigos desde pequeños. Inseparables. Y ambos tenían otra gran cosa en común: encontraban irresistible a Alma. Era alta y delgada, con un pelo largo castaño y unos preciosos ojos marrones. Ella se definía sí misma como *una chica corriente*. Muchos no pensaban así, pero no se atrevían a hablarle porque parecía encerrada en sí misma.

El timbre sonó y Alma, como hacía habitualmente, se quedó un rato más para acabar los ejercicios.

—Qué triste es no tener vida, de verdad —le echó en cara Sonia, mirándola con asco al pasar a su lado—. Cómprate una.

Alma era la diana de todos los dardos de Sonia. Que ella recordase, nunca había hecho nada para ganarse su odio. Sonia se creía guapísima con su pelo rubio, liso como una tabla. En su rostro destacaban unos ojos azules como el hielo y una nariz bastante grande. Siempre iba bien vestida y cargada de accesorios. Era el tipo de persona que se sentía fuerte a base de machacar a los débiles. Y había visto en Alma un blanco fácil. Por eso, desde que entró en el instituto le había hecho la vida imposible. Nadie se había prestado a defenderla nunca. Seguramente, para no terminar siendo el nuevo blanco de las embestidas de Sonia. Eso terminó provocando que Alma se sintiera desplazada.

Siguió escribiendo como si nada y, cuando todos sus compañeros se hubieron marchado, Carlos se acercó a ella.

—Alma... Si sabes qué es una marca blanca, ¿por qué no contestas?

—Creía que lo haría otro —respondió ella, sin levantar la mirada del papel.

—No puedes ir así por la vida, Alma —le echó en cara Carlos—. Esa no es una excusa propia de una chica inteligente como tú. Si la vida funcionara como tus excusas nadie jamás habría inventado nada.

«Si la vida funcionara como mis excusas el mundo iría mejor», replicó ella en su interior. Aunque, por otra parte, sabía que su profesor llevaba algo de razón. Era consciente de que no podía seguir así y debía superar esa barrera de timidez y rechazo a entablar relación con los demás.

—Te he traído algo —anunció Carlos, dejando sobre su mesa un libro titulado *Guía Básica de la Publicidad*. Era grueso como el tomo de una enciclopedia—. Sé que te gusta mucho el tema de la publicidad. Léelo. Creo que te puede ayudar a aclarar dudas acerca de tu futuro profesional.

—Muchas gracias —dijo Alma, guardando el libro en su mochila.

Cuando Carlos se disponía a marcharse, Alma le entregó los ejercicios optativos que el profesor había encargado unos días antes. Carlos solía poner trabajo voluntario para subir nota. Sin embargo, nadie, excepto Alma, lo hacía. Sus alumnos no parecían preocupados por las calificaciones, pese a estar acabando el último trimestre y encontrarse a las puertas de Selectividad. Carlos agradeció a Alma su interés.

Una vez salió de clase, ella se puso los auriculares y se dirigió a su taquilla; guardó en su interior el libro que el profesor le acababa de dar. Después, salió al campus del instituto.

Caminando por el pasillo recordó al chico que conociera semanas atrás. Aquel que tantas emociones le despertaba y tanto calor le provocaba tan solo con pensar en él. Rememoró la última vez que hablaron.

«Estará haciendo otras cosas. Divirtiéndose. Seguro que anda coqueteando con varias... Será mejor que me lo quite de la cabeza», se dijo Alma.

Se cruzó con Kevin y Arancha, dos compañeros de clase, que estaban hablando recostados contra la pared.

«Cómo me gustaría tener la facilidad que tiene Kevin para aparentar ser feliz siempre, parece que no le afecta nada. Ojalá algún día tuviera la fuerza suficiente para decirle que me cae genial y que me encanta cuando hace callar a los bocazas de clase», suspiró Alma. «Y ojalá fuera capaz de entender tan bien las Matemáticas como lo hace Arancha. ¡Qué chica más lista, por Dios!».

—Vigila por dónde vas, coletas —le escupió Sonia, propinándola un codazo que la sacó de sus pensamientos. Iba rodeada de sus fieles amigas, que le rieron la gracia.

Alma la ignoró de nuevo, alzó la cabeza y siguió andando. A Alma le encantaba ir con coleta a clase. Era una chica coqueta y eso, sin duda, molestaba al grupo de Sonia, que se tomaba el instituto como una competición de moda.

El tiempo que duraba el recreo se le hacía eterno. Una parte de ella pedía a gritos acercarse a hablar con sus compañeros, integrarse. Otra parte, le aconsejaba mantenerse alejada y centrarse en su música.

Se estiró sobre el césped. Sacó una manzana de su mochila y, mientras la comía lentamente, comenzó a soñar. Se imaginó a sí misma aprobando el examen final de Matemáticas. No podía suspender si quería hacer la Selectividad en junio. Entonces, su teléfono vibró en su bolsillo.

—Hola chica borde. Quiero que sepas que sigo pensando en ti. Tengo ganas de volver a verte y conocerte un poco más. Supongo que estarás con los exámenes finales. No hay prisa, puedo esperar.

«Puedo esperar. Sigo pensando en ti. Volver a verte…». Aquellas frases resonaron en la mente de Alma. Contenta, cerró sus ojos y cayó en un ligero sueño. Todo quedó en silencio. Solamente se oía el canto de algunos pájaros.

12 de abril

Ojalá mi corazón fuera capaz de bajar de intensidad

como lo hace el volumen de mis

auriculares.

Ojalá fuera así.

Será que mi corazón no oye,

será que siente.

capítulo 5

ENCANTADA

Alma se despertó con un sobresalto. Hacía ya casi un cuarto de hora que habría comenzado la clase de Filosofía. Angustiada, aligeró el paso hacia el edificio viejo y gris. En la entrada se encontró con una chica de pelo largo, tan blanco que parecía albino.

—Disculpa, me llamo Diana —saludó—. Soy nueva en el instituto y estoy buscando el aula de Filosofía de segundo —dijo con un tono de voz muy alegre.

—Qué nombre más bonito tienes —contestó—. Encantada. Yo soy Alma. Estás de suerte. Yo también voy a Filosofía...

La nueva alumna se mostró sorprendida por la casualidad. El encuentro alegró a Alma, que ya pensaba en lo enfadada que estaría la profesora al no verla en clase. Alma le advirtió a Diana que llegaban tarde.

Cuando entraron, tras llamar a la puerta, la profesora estaba en pie, explicando la lección.

—Lo siento —se excusó Alma—. Es que…

—Disculpe, profesora. Soy Diana, la nueva alumna —la interrumpió—. Me había perdido. He encontrado el aula gracias a Alma. No sé donde estaría ahora si no fuera por ella.

Alma la miró con cara de sorpresa sin entender por qué la estaba ayudando a salir del aprieto.

—Bienvenida, Diana —saludó la profesora, dando un respingo—. Está bien, no pasa nada. Tomad asiento. Diana, puedes colocarte al lado de Alma, en la mesa que hay libre.

Ambas se sentaron bajo la atenta mirada de sus compañeros. El pelo blanco de Diana fue motivo de alguna que otra risa. De inmediato, la profesora los mandó callar, advirtiendo de la importancia de atender a la lección; estaban estudiando el último de los filósofos que entraba en el temario y no tenían mucho tiempo. En un momento dado, Alma aprovechó para pasarle una nota de agradecimiento a Diana y ella le respondió con una sonrisa.

La clase de Filosofía transcurrió más distendida y relajada que la de Matemáticas, mientras Alma trataba de memorizar exactamente cómo se escribía Nietzsche y pensaba si odiarlo o amarlo por lo que decía. El resto del tiempo, Alma lo pasó observando la belleza de la chica recién llegada. Tanto su cara como su cuerpo parecían haber sido esculpidos a la perfección.

—No tenías por qué cubrirme —le dijo Alma, una vez concluyó la clase.

—Es lo que hacen los compañeros, ¿no? —le respondió Diana.

«No, no suelen hacerlo los compañeros de clase. Al menos no los de este aburrido instituto», respondió mentalmente Alma.

En la sociedad en la que vivimos, son pocas las personas que dan y no esperan recibir nada, y Alma lo sabía perfectamente.

—Parece que aquí todos son un poco amargados, ¿no? —soltó Diana, mientras pasaba el grupo que se había reído de ella. Cómo no, Sonia y las demás.

Alma se encogió de hombros.

—¿Cómo es que has venido a estas alturas del curso? —preguntó Alma, mientras abandonaban el aula—. Estamos casi acabando.

—Me he mudado dos veces en lo que va de año. La verdad es que no está siendo nada fácil —confesó Diana—.

Han surgido varios imprevistos debido al trabajo de mis padres. Espero que ya no haya más cambios en lo que queda de curso y poder hacer la Selectividad.

Alma no supo qué decir. Para ella tampoco estaba siendo un año fácil. Al margen de las típicas discusiones que siempre se tenían en casa, no podía olvidar esa sensación de vacío en el instituto. Pero, por encima de todo, estaba su relación fallida con Miguel. Alma la había vivido con mucha intensidad. Era su primer gran amor y pensaba que le duraría para toda la vida. Sin embargo, después de unos meses saliendo con él, se dio cuenta de que no era la única mujer en su vida. Y aquello le había dejado huella.

—Alma, nos vemos mañana. Guárdate mi número y, si quieres, hablamos esta noche.

Intercambiaron sus números de teléfono. Al grabarlo, Alma añadió al nombre de Diana un icono de media luna. Bloqueó su móvil y se despidieron.

Se puso de nuevo los auriculares y regresó a casa contenta por haber hecho una nueva amiga.

14 de abril

Echo la mirada atrás y me hace gracia ver cómo jugaste conmigo.

Aquel primer paseo en aquella larga avenida.

Ahí me hiciste tuya.

En ese instante empezó todo.

Pienso en esos besos a fuego lento que cocinabas para mí;

esa forma tuya tan orquestada de que todo saliera

per

-fec

-to.

Miro atrás y me arrepiento de haber tomado ese dulce tan amargo que solo tú podías crear.

De no haberme dado cuenta antes de que yo nunca fui tu primera opción.

Que mientras me decías que *me querías*,

a otra le dabas tus besos.

A escondidas.

Nuestro amor fue como un anuncio de perfumes. Bonito y con la melodía idónea. Perfectos protagonistas para ella, acompañados de idílicos escenarios. Como si de una égloga de Garcilaso se tratara.

El final fue rápido, tajante.

Pensé mucho en lo que significaba ese anuncio y me di cuenta de que esas cosas solo pasaban en las películas.

Que no podía caber tanta perfección en un ser tan avaricioso como tú.

Han pasado ya dos años desde *lo nuestro* y debo agradecerte muchas cosas, Miguel. Lo primero es que gracias a ti ya sé qué quiero ser de mayor.

Me decías que debía ser psicóloga por lo bien que te entendía.

Supongo que se lo dirás a cualquiera.

Qué comentario más fácil.

Casi a diario me han preguntado qué carrera iba a escoger y lo tengo claro desde el día en que descubrí tu verdadero ser.

Me he dado cuenta de que la publicidad es un mundo inmenso y complejo.

Exactamente igual que el amor.

Ambos seducción;

algo que yo hacía sin parar. Me ponía mis mejores prendas para ti.

Exponía siempre la mejor versión de mí al constatar tu presencia.

Como la publicidad.

Y lo que pasó con *lo nuestro* fue que yo no noté los resultados que tú me anunciabas.

Me vendiste humo. No cumpliste las expectativas.

Fuiste un producto destinado al fracaso. No merecías seguir en el mercado.

Quiero hacer hipérbatos visuales en algún que otro cartel; como hacías tú con las palabras. Hacer metáforas y que la mayoría de personas no las entiendan. Que algún día, quizá, alguien se detenga a observar esa extraña página en el periódico y le busque significado.

Que no vuelvan a engañarme, que nunca más me den gato por liebre. Descubrir por mí misma todos los tipos de publicidad y, por qué no, volver a seducir con esos vestidos que tengo guardados en el armario.

Deseo no encontrarme con más imitaciones sobrevaloradas o marcas sin identidad.

Ansío encontrarme con alguna marca blanca que me sorprenda.

Alguien que me llene por completo sin hacerlo antes de promesas.

Que nadie jamás vuelva a ser engañado; que no se lleven eslóganes sin sentido por bandera.

Otra cosa que debo agradecerte es que te fueras.

Estos años me han hecho ver que no solo tú fuiste el culpable.

Yo también me equivoqué.

Pensé que sentirías lo mismo por mí.

Que serías como entendía que el amor debía ser.

Qué inocente fui.

Ahora me doy cuenta de que me equivoqué:

que quien vende humo nunca puede prender fuego.

Un *nosotros* en cursiva,

en bastardilla.

De lado

inclinado

a punto de

c

a

e

r.

Lo hizo.

Qué suerte.

capítulo 6

NO TE ACERQUES AL CHICO

Alma se tumbó en la cama. Era temprano para comer; aún no tenía hambre. Había sido una jornada especial. Desde luego, no se hacía una amiga todos los días. Eso le dio una seguridad en sí misma que le vendría fenomenal para afrontar el final de curso y la Selectividad. Pensó en qué sería de ella en el futuro, le vino a la mente el chico del evento y terminó cayendo en un profundo y relajante sueño.

Se vio fuera de la ciudad. Totalmente perdida en un bosque aislado quién sabe dónde. Alma se sintió angustiada. Empezó a mirar de un lado a otro, temerosa, buscando dónde huir entre aquellos árboles. Todos le parecían iguales.

Un soplo de viento hizo que su pelo se agitase. Sintió un escalofrío. Tenía la sensación de que la estaban siguiendo. Miró hacia atrás y echó a correr tan rápido como sus piernas se lo permitieron. La angustia se transformó en miedo. Se resguardó tras el grueso tronco, sacando la cabeza de cuando en cuando para ver si alguien venía detrás.

Un cuervo negro como la noche se posó sobre la rama de un árbol que se alzaba frente a ella. De pronto graznó con fuerza y ella se llevó las manos al pecho. Los gritos del córvido hacían daño a Alma, que huyó en otra dirección.

Corrió y corrió. En sus tímpanos aún resonaban los graznidos del cuervo. Al fin salió del bosque. Se encontró en medio de un claro en cuyo centro crecía un almendro imponente. Sus flores fascinaron a Alma, que cogió una de ellas y la olió. Tenía un aroma tan dulce y singular que consiguió serenarla.

Respiraba con más tranquilidad bajo aquel hermoso paraguas de hojas y flores blancas, cuando el móvil que tenía en el bolsillo empezó a sonar. Alguien la estaba llamando.

«Diana te está llamando», indicaba la pantalla del teléfono. Alma respondió; aunque no era, parecía Diana quien hablaba. La voz era más bien grave, tosca y apenas entendible.

—¿Diana? ¿Eres tú? —preguntó Alma—. ¿Estás bien? ¿Diana? ¿Te ocurre algo?

Al no entender nada, Alma colgó el teléfono. Tal vez se tratase de algún error de conexión. Justo entonces, el viento empezó a soplar con fuerza y el claro se llenó de cuervos amenazantes. Volaban sobre el almendro, cuando el móvil volvió a sonar.

Era Diana, otra vez. Alma lo cogió y la extraña voz dijo una frase de forma clara, grave e igualmente ruda:

—No te acerques al chico.

A Alma se le puso la piel de gallina. Asustada al ver que los cuervos iniciaban el ataque, el móvil se le cayó al suelo. Sabiendo que estaba en peligro, se adentró de nuevo en el bosque. Corría desesperada buscando un lugar donde refugiarse, cuando tropezó con la raíz de un árbol. Fue al caer cuando los cuervos dieron con ella.

Alma se levantó de la cama con un sudor frío, sin entender muy bien el sueño que acababa de tener. Sin duda había sido una pesadilla espantosa. Tenía la boca seca por la angustia.

Había perdido la noción del tiempo, pero enseguida su estómago le dio una pista. Aún con el susto en el cuerpo, bajó las escaleras lentamente, con la intención de ir a comer algo.

Efectivamente, el reloj del salón marcaba las cuatro y media. Entonces se fijó en la ventana situada detrás de la mesa del comedor y encontró una pluma en el alféizar. Era larga, de un azul cobalto muy llamativo. Su tacto era suave, único. Pero, ¿qué hacía esa pluma azul ahí?

Nosotros no somos una historia.
No formamos parte de un poema.

Soy un verso libre
Y tú eres mi musa.

Cupido

capítulo 7

QUERER Y NO PODER

Las alas azules de aquel pájaro se movían con delicadeza. El ave surcaba el cielo del atardecer madrileño con majestuosidad. Alcanzó la azotea de uno de los edificios más altos de la zona y se quedó contemplando las luces que daban vida a la ciudad.

«Todo está tranquilo», pensó. «He podido ver su belleza en plenitud, admirar por completo su forma de entender la vida y tenerlo cerca sin que se dé cuenta. Quién sabe lo que me podría pasar si no cumpliera con mi misión y decepcionara a Venus».

Una cálida brisa sacudió las plumas de sus alas.

«Él hace una vida normal, ociosa», se dijo. «Disfruta con la comida, viendo banales programas de televisión, haciendo ejercicio y jugando la mayor parte del tiempo a los videojuegos. Vive como un dios».

«A pesar de todo, tiene que ser duro para él regresar a la Tierra y volver a enamorarse de una mortal. Aún recuerdo lo mal que lo pasó la última vez... Sé que fui cruel, pero reconozco que me sentí aliviada al saber que quizá tendría ojos para mí. Pensé que podría ser mío en aquella ocasión. ¡Qué idiota he sido! Llevo enamorada de él una eternidad. Todo desde que le oí recitar aquellas bellas rimas en el bosque. Bendita flecha me atravesó el corazón aquella noche. Y, desde entonces, estoy esperando que se fije en mí. Y ahí está, redil de mis acciones».

Entonces, los pensamientos del pájaro dieron un giro completo. La imagen de una chica de pelo castaño se formó en su mente.

«¿Qué habrá visto en esa chica? ¿Querrá acaso enamorarla? No sé muy bien qué interés puede tener en ella», se preguntó. «Es una chica realmente bella y coqueta. Habría podido disputarle el altar a Venus. Se pasa el día en el ordenador haciendo trabajos y estudiando, mientras escucha música. Es una solitaria. La he visto en clase y es el hazmerreír de algunos. Se meten con su forma de vestir o por lo aplicada que es en los estudios. No tiene amigos. Llega a su casa y sigue siempre la misma rutina un día tras otro. Está ausente la mitad del tiempo y solamente parece feliz mientras está soñando».

«Debo adentrarme en su vida para conocerla mejor. Quién sabe de lo que puede ser capaz si llega a descubrir la verdadera identidad del chico. Debo dejar mis sentimientos a un lado y cumplir mi tarea. Tal vez desestabilizarla con un accidente y lograr así que se aparte de él un tiempo…».

Un pájaro azul batió las alas y, de nuevo, sobrevoló la ciudad. Esta vez, con un objetivo en mente.

La sensación de que nunca será tuyo,
Y por más que luchas,
Y por más que lo intentas,
Tú no estás en sus pensamientos.

Diana

16 de abril

Hoy voy a intentar dejar mi forma poética a un lado y simplemente explotar sin que me importen mucho las rimas y las formas. Lo necesito.

¿Qué será de mí sin él?

¿Qué he hecho yo para tener que pasar por esto?

No sé qué hacer con mi vida.

Me he hecho demasiadas veces esas preguntas cambiando los pronombres. Me he sentido infinitamente perdida demasiadas veces.

Y creo que es la primera vez en mucho tiempo que me siento medianamente bien. Hace tiempo me perdí. Entre recuerdos. Entre anhelos. Creo que sigo sin encontrarme.

Hace tiempo que mi vida no es fácil. La mayoría de las veces pienso que la mitad de las personas de mi alrededor apestan. Y es triste hacer esa reflexión pasados los años.

Tengo una madre que anda demasiado inmersa en sus problemas como para preguntarme algo más que cómo van las notas. A diferencia de ella, mi padre sí se ha preocupado mucho más por mí, aunque últimamente dedica su tiempo al trabajo y a dormir.

Odio sentirme impotente al ver pasar a personas que lo único que hacen es reírse de mí, y no tener la fuerza suficiente para decirles nada.

Puede que siempre haya sido yo quien buscara estar aislada, con mi libreta en la mano y los auriculares en los oídos. Algo que hice en cuanto noté que todo el mundo me daba la espalda.

Es triste que nadie, estando las cosas como están en este mundo, se haya acercado para pedirme un mísero favor.

Y luego pienso en el origen de casi todo. Antes de empezar Bachillerato, cuando todo iba a ser perfecto y no fue así. Me quedé sola, pues mi grupo de amigas se había ido a otro instituto sin decírmelo.

«La cursi de la coleta... La empollona...». Solo me querían por aparentar. Apariencias, el falso antídoto de esta sociedad.

Nadie estaba a mi lado, excepto Miguel. Una marca blanca de la que no vale la pena hablar. Fui su segunda marca preferida.

Fui para él las patatas baratas que uno coge en el supermercado cuando su madre no le deja hacerse con las que realmente quiere.

Su reemplazo al detergente que más le gustaba, su segundo plato.

Aunque también compró sus patatas preferidas y su detergente más preciado. Jugó con ambos. Jugó conmigo.

Encontrarme en un instituto nuevo, con profesores desconocidos y un temario más complicado estando completamente sola y sufriendo vacío por la mayor parte de mis compañeros fue una combinación tan explosiva como un cóctel molotov.

He llorado muchas noches y no he encontrado explicación a por qué he tenido que pasar por todo esto. Ahora ya estoy a las puertas del final de esta etapa. Pronto iré a la Universidad y me olvidaré de esta gente.

Hace dos meses que no lloro. Me alegro de escribir esto después de haber recitado las odas a la tristeza más profundas en este diario.

Por suerte he encontrado mis apoyos.

Me he refugiado en la escritura y abro mi mente a un folio en blanco.

Escribir no hace daño. He conseguido descubrirme a mí misma cuando estaba más perdida que nunca. Y, aunque siga aún algo desorientada en mi propio triángulo de las Bermudas, ahora tengo la seguridad de que seré capaz de expresar lo que siento para poder encontrarme en ese fondo cuando halle la luz.

Mi otro gran apoyo, la música, refugio en tantas ocasiones.

Sin entenderlo muy bien, encontré a otros amigos. En YouTube. Sí, aunque todo fue algo extraño al principio. Estaban a centenares de kilómetros, separados únicamente por una pantalla y conexión a Internet.

Personas que simplemente jugando, diciendo tonterías o hablando de sus cosas delante de una cámara consiguieron aportarme algo de luz en ese pozo sin fondo.

Mis héroes, sin capa y sin corazas. Empecé a cuidarme más, a correr para dejar de estresarme, a ser más coqueta de lo normal. Necesitaba alguien que estuviera ahí y me hiciera sonreír. Lo encontré. Y siguen siendo un gran apoyo para mí.

Y me hace gracia pensar en lo que pasó en aquel evento. En esa vergüenza que me impedía decir tantas cosas. En esa carta que acabó por los suelos, como yo.

Allí les conocí a ellos. Allí conocí a alguien que me dejó sin aliento. Alguien que espero que no venga con intenciones de incendiar Roma ni venga con intenciones de imitar amoR.

Quizá él la merecía,
Quizá se hubiera dado cuenta.

Quizá tarde,
Quizá cuando las ranas criasen pelo.

Cupido

capítulo 8

INMÓVIL

Aún con la pluma en la mano, Alma se cruzó con su gato persa, Silvestris, que bajó del sofá donde estaba tumbado y la siguió hasta la cocina. Le habló dócilmente mientras le ponía la comida en su bol. Le acarició y decidió que ella también iba a comer. Se preparó una ensalada rápidamente y se sentó.

Comió sola, como estaba acostumbrada a hacer a diario. Era uno de los momentos que aprovechaba para ponerse vídeos y así sentirse más acompañada. Pasados unos minutos, recibió un mensaje de Diana.

—Por favor, dime que no tenemos el examen de Nietzche la semana que viene porque me va a dar algo. ¡No entiendo nada!

—Me da que sí (>.<). Aunque yo ando más preocupada por aprobar el examen de Matemáticas.

—¿Quieres que te ayude? Yo te echo una mano con Matemáticas y tú me ayudas con Filosofía.

—Acabo de comer y, si no me sale algo, te digo, ¿te parece?

—¡Perfecto! ¡Que aproveche!

Diana era una amiga estupenda. Desde el primer instante había congeniado muy bien con ella. Hablaban a menudo e, incluso, había llegado a compartir con ella secretos tan íntimos como su relación fallida con Miguel o lo del chico que apareció en el evento. Alma terminó de comer y, después de dejar todo recogido, subió a su habitación. Sacó de su mochila las fotocopias y su estuche de color blanco.

Se puso a hacer ejercicios de matemáticas sin parar. No eran nada fáciles y maldijo las derivadas una y otra vez. A medida que iba avanzando, aquello aumentaba en dificultad. Las horas fueron pasando y sus errores eran cada vez más frecuentes. Alma le preguntaba por el móvil a Diana todas las dudas que no conseguía solucionar. Gracias a ella, poco a poco fue viendo más claras las respuestas y ganando confianza de cara al examen que debía afrontar.

Pasado un tiempo, su madre abrió la puerta de la habitación y se la encontró con la cabeza recostada sobre la mesa. Acababa de llegar después de una dura jornada de trabajo. Trabajaba de dependienta en una tienda de moda, con unos horarios intensos y exigentes. Aurelio, por su parte, trabajaba en un banco.

Lola dio unos suaves toquecitos en la espalda a su hija. Se despertó rápidamente y recobró la compostura. Le preguntó cómo le había ido el día.

—Mejor de lo habitual, la verdad —contestó Lola sin ocultar su cansancio—. ¿Qué tal llevas los exámenes? —le preguntó.

—Vaya… Tengo que seguir repasando para el examen de Matemáticas, que no lo llevo muy bien.

Lola dio ánimos a su hija antes de abandonar su habitación. Alma encendió la luz del escritorio y siguió haciendo ejercicios, esta vez sin la ayuda de Diana. Cuando los números flotaban sin control por su mente y se le nublaba la vista, decidió hacer un alto.

Se cruzó con Silvestris al bajar las escaleras hacia el comedor. Iba con la intención de poner la mesa, cuando oyó a su madre hablar por teléfono. No entendió la conversación pero, por su tono de voz, pasaba algo grave.

De pronto, el semblante de su madre se puso rígido y el vaso que sostenía cayó al suelo rompiéndose en mil pedazos. Alma se temió lo peor. Corrió hacia su madre y la abrazó.

—Hija, papá está en el hospital —le comunicó, con ojos llorosos—. Al parecer ha tenido un accidente, está grave. Voy a ir para allá. Quédate aquí. No sé a qué hora llegaré.

—Mamá, no voy a quedarme aquí sin saber cómo está papá. Voy contigo —dijo, tratando de consolar a su madre mientras hablaba.

Sin perder un instante, salieron de casa y se subieron al coche. Jamás había visto a su madre conducir tan deprisa, centrada en llegar cuanto antes al hospital. Estaba nerviosa. Agarraba el cambio de marchas con mano temblorosa. Alma intentó conservar la calma, mirando a través del cristal de la ventana del copiloto.

Una vez en el hospital, un auxiliar les acompañó hasta Urgencias, donde estaba su padre. Salió un médico que les contó lo sucedido a la entrada de la sala, donde no pudieron pasar.

—Como le han comentado por teléfono, Aurelio ha sufrido un grave accidente. Al parecer un conductor se ha saltado un semáforo en rojo y…

En ese momento Lola rompió a llorar.

—Quiero ver a mi marido, quiero saber cómo está —le suplicó al médico.

—Señora, su marido ha sufrido algunas fracturas y fuertes contusiones, pero está estable. Podía haber sido mucho peor. No sé si sería prudente… —decía el médico, cuando volvió a ser interrumpido.

—Prometí encima de un altar estar con él en las buenas y en las malas. Quiero verle ahora, esté como esté.

—Está bien, pero la chica tiene que quedarse aquí —le advirtió el médico.

Alma permaneció de pie, inmóvil, viendo cómo su madre y el médico se adentraban en la zona de Urgencias. Una vez estuvieron dentro de la sala, de ella salió un llanto que resonó por el pasillo. En ese momento, la piel de Alma se sensibilizó y lloró desconsoladamente.

15 de mayo

Recuerdo cuando de pequeña me decías
Que querías pasar todas las noches con mi compañía,

Cuando le ponías sabor a los platos de mamá y decías
que las fresas con azúcar saben mejor.

El irte por la mañana y volver a la hora de cenar
Donde tu lucha diaria era ahí afuera.

Nunca me leíste ningún cuento,
Siempre prefiriendo que lo hiciera yo.

Ahora me doy cuenta de que no te dije suficiente
Las veces que agradecí tenerte a mi lado.

Que tu forma de ver la vida

Hacía saborearla mejor a quienes te rodeaban.

Que sin ti

Hoy no sería nada.

No pongamos fin a nada,

Te necesitamos aquí con nosotras.

Levanta, papá.

Mamá y yo te estamos esperando.

Te queremos.

capítulo 9

LA HERIDA PERMANENTE

El parque del Retiro estaba lleno de vitalidad aquella mañana. Era un lugar perfecto en la ciudad para pasear, correr o darle un par de vueltas a la cabeza entre tanto árbol. Los niños disfrutaban montando en bicicleta o dando de comer a los patos y a las palomas. Y las parejas de enamorados... ¡Cuántas parejas se habrían besado bajo la sombra de aquellos árboles!

Cupido no pudo evitar una sonrisa, mientras corría por uno de los muchos caminos que había en el Retiro. La gente se giraba a su paso, pues su belleza no conseguía pasar desapercibida. Iba vestido con ropa deportiva y unas buenas zapatillas que no tenían ningún rasguño. Le encantaba correr. Le ayudaba a relajarse y a pensar.

No pudo evitar mirar a una pareja que sonreía mientras paseaban de la mano.

«Quien entienda el amor que tire la primera piedra», pensó. «Llevo toda la eternidad forjando la chispa del amor y sigo sin comprenderla.

»He visto a personas quererse sin sentir y a otras que han caído en telarañas sin ser conscientes. He visto cómo estrellas más brillantes que el sol se apagaban lentamente mientras un agujero negro las absorbía. He vivido demasiadas relaciones que prefiero no recordar. Relaciones que han existido y me siento culpable por haber encendido.

»No lanzo mis flechas a la ligera. No dejo que surja cualquier amor. Dicen que es cosa de humanos equivocarse; no se dan cuenta de que los dioses también lo hacemos. Y yo lo hago bastante. No lo hago adrede, quizá todo acaba siendo cosa del Destino, cosa de Parcas.

»Nadie merece sufrir la ausencia de alguien a quien ama. Nadie merece sufrir por amor, eso es lo peor que hay.

»Hay ausencias que duran toda una eternidad. Vidas basadas en recordar los buenos momentos en sueños y vestir de luto durante el día. Qué triste y que hermoso a su vez».

Cupido se detuvo un instante y respiró hondo. Era agradable llenarse de los frescos olores de la vegetación.

«Es paradójico que solamente me haya enamorado una vez», siguió con su meditación. «En ocasiones pienso en ella, en aquella bella mujer con el vestido rojo que me quiso como jamás nadie lo había hecho. Desde el frío de Moscú me llevó a lugares a los que jamás había llegado, territorios del deseo desconocidos en los que acabábamos repitiendo con frecuencia.

»Recuerdo la primera vez que lo hicimos y nuestras risas de jóvenes alocados. Acabábamos exhaustos noche tras noche. Esa afición suya a usar perfumes con olor a albaricoque, esa manía mía de impregnarme en ellos.

»Decidimos vivir juntos. Conseguimos un piso y lo decoramos a nuestro gusto. Recuerdo cómo ella quería el sofá de color azul y yo lo quería gris; cómo hacía que todo tuviera mucho más sentido; cómo hacía de cada día un día con más vida; cómo le daba gusto a mi vivir.

»Si ella viajaba yo siempre tenía rosas preparadas para su regreso. Ella, por su parte, me traía algo típico de donde fuera.

»Sin decirnos nada, sabíamos exactamente lo que pasaba. Durante un tiempo formamos un gran amor, un intenso amor. Y un día, todo eso se esfumó».

Una lágrima se deslizó por su rostro. Azotado por sus sentimientos, apretó el ritmo de su carrera.

«Hacía dos años que estábamos juntos», recordó. «Habíamos tenido nuestros altibajos, pero el amor seguía ahí como el primer día. Decidí que estaría bien pasar unas pequeñas vacaciones en San Petersburgo y cogimos un tren hacía allí. Y el tren que tantas veces habíamos utilizado descarriló, dejando centenares de vidas reducidas a cenizas.

»Instantes antes del accidente, cuando el tren empezó a tener problemas, me agarró del brazo. Estaba muy nerviosa y totalmente asustada; yo la protegí cuanto fui capaz.

No pude salvarla. Vi cómo recibió golpe tras golpe. Su cuerpo magullado y lentamente fue perdiendo el aliento. Se oían gritos. Había fuego por todas partes y mucho humo. La miré a los ojos y, entre escombros, me agarró del cuello con las últimas fuerzas que le quedaban. Acerqué mi cabeza hacía la suya y en ese momento respiró por última vez.

»Maldigo mi divinidad desde aquel día. Habría preferido acabar mi vida junto a ella. Cuando me agarró del cuello supe que era para decirme que ella siempre lo había sabido.

»Las bellas flores rojas y el olor a albaricoque me recuerdan a ella. Han pasado ya cuarenta años de esto y sigo recordándolo. Lo peor de todo es que he olvidado su voz y su cara. Solo recuerdo que ambas me encantaban».

Suspiró. «No he sentido nunca el amor de un padre por su hijo o ese placer tan intenso que experimenta alguien cuando prueba su comida preferida. Solo el amor que hace que el tiempo vaya más lento, que el corazón lata con más intensidad», reflexionó.

Llegó hasta la entrada del parque, donde vio discutir a una pareja. La chica se arrancó el collar que llevaba y se lo lanzó al chico. Él la miró marcharse sin saber qué decir.

Fue ante aquella situación cuando se detuvo y pensó algo de nuevo:

«Los humanos dicen constantemente que el amor es una dicha venenosa y actúan como víctimas por él. No se dan cuenta de que es lo que nos hace seguir vivos, seguir abriendo los ojos cada día, por unas razones u otras. Lo peor es que no se dan cuenta de que los dioses también lo hacemos, los dioses también amamos».

Caminó hacía aquel chico que había palidecido. Cogió el colgante de oro que había en el suelo y se lo dio. Tras hacerlo, se perdió de nuevo entre la multitud que paseaba por la larga avenida.

Lo malo de querer a alguien de verdad es que no puedes borrar todas esas huellas que te dejó. Y eso le pasó al chico del colgante. Y al chico que lo perdió todo en un tren. Sentimentales huérfanos en busca de corazones hambrientos.

Antes de escribir sobre el amor:

—Ten a mano un kit de Primeros Auxilios.

Cupido

capítulo 10

SOLA ANTE EL PELIGRO

Un nuevo día amanecía para Alma. Sería el último de clase antes de las jornadas de preparación para Selectividad. Se levantó con una gran sonrisa: por fin todo aquello acababa. Llegaba el momento de hacer su sueño realidad: ser publicista.

Aunque para ello primero tendría que alcanzar su ansiada nota de 10,45. Se maquilló y se puso su perfume con aroma a vainilla. Aquel no era un día como otro cualquiera, así que decidió arreglarse con una camisa blanca y unos apretados vaqueros negros.

Guardó sus apuntes en la mochila. Bajó las escaleras con renovadas energías y se preparó un rápido desayuno: un café con leche, un zumo de naranja y unas tostadas con mantequilla. Además, se llevó al instituto una manzana.

Desayunó bajo la atenta mirada de Silvestris, que estaba aprovechando para hacerse sus limpiezas de patas y orejas. Le envió un mensaje a Diana para recordarle que ambas tenían que exponer un trabajo en Empresa. Carlos, el profesor de la asignatura, les había retado a presentar ante la clase por parejas diversas estrategias para el lanzamiento de una nueva bebida energética para jóvenes y ver quién era el que tenía mejores ideas.

Una vez Alma acabó de desayunar, subió a la habitación de sus padres. Allí estaba su padre, aún convaleciente, leyendo el periódico en la cama. Los médicos le habían dado el alta, pero debía guardar reposo hasta que los huesos soldasen correctamente.

—Buenos días papá —le dijo Alma al verle con una sonrisa.

—Buenos días, princesa. Hoy es tu último día, ¿eh? ¡Estarás contenta! —le respondió su padre, apartando la mirada del periódico.

Su madre se preocupaba de que tuviese todo a mano. Cada mañana le llevaba el desayuno a la cama y su periódico económico favorito. Además, siempre que podía intentaba comer en casa con él y con su hija.

—Bueno, papá, si necesitas algo llámame —le dijo, y le dio un beso en la mejilla.

—No te preocupes, Alma. Mamá vendrá a la hora de comer. Que vaya todo bien —le dijo su padre, volviendo de nuevo la mirada al periódico.

Alma bajó las escaleras y se marchó andando al instituto, que no quedaba lejos de casa. El sol iluminaba de una forma espectacular. Seguramente estaban ante el mes de mayo más caluroso en mucho tiempo. Consultó el móvil y vio que Diana no había respondido aún. Entonces sintió un escalofrío al pensar que alguien la seguía, como en aquel sueño. Pero rápidamente desechó la idea. No eran más que paranoias.

De camino al instituto hizo memoria de todo cuanto debía exponer y lo que tenía que decir exactamente. Al llegar allí, se dirigió a su taquilla, que estaba junto a la puerta de su clase. Cogió unos apuntes que tenía sobre el libro de Filosofía y entró al aula. Estaba prácticamente vacía.

Se sentó en su pupitre y esperó a que fueran llegando sus compañeros, que iban hablando entre ellos. Carlos entró puntual, como siempre. Pero Diana no aparecía. Y no lo hizo. Justo antes de dar comienzo la clase, el móvil de Alma vibró. Era su amiga, que le avisaba de que no iba a poder asistir. Se encontraba fatal. Alma tragó saliva. Sabía lo que significaba aquello.

Alma y Diana eran las primeras en exponer, pues la mayoría de sus compañeros ya lo habían hecho el día anterior.

Tras la indicación de Carlos, Alma se levantó de la silla y fue al ordenador del profesor. Sus pulseras tintinearon por el camino. Escuchó un silbido de la parte de atrás, que el profesor se apresuró a zanjar de inmediato. Sin duda, aquellos pantalones ceñidos habían despertado el interés de unos cuantos.

Abrió el archivo y Carlos preguntó:

—¿No ha venido Diana?

—No. Me acaba de enviar un mensaje. No se encuentra bien.

Carlos sintió un pinchazo de decepción y dijo:

—En ese caso, deberás hacerlo tú sola. Adelante.

Alma empezó su presentación. Se había preparado a conciencia, pues era la primera vez que exponía ante sus compañeros. Siempre había preferido faltar los días que tenía que hablar en público y asumir una bajada de nota, antes que soportar sus burlas. Hoy tenía la confianza de que la ayudaría Diana, de que iban a asumir aquel reto juntas, y aquello le había dado cierta seguridad. Pero ahora no había marcha atrás.

Por su mente pasó el recuerdo de su desvanecimiento el día de la feria de videojuegos, pero decidió centrarse en su presentación. Respiró hondo y empezó:

—Hemos pensado que no se necesita una nueva bebida energética en el mercado —dijo Alma, soltando la bomba nada más empezar.

Aquel comentario desató las risas de sus compañeros. Sin embargo, Carlos mandó callar, mostrándose intrigado por su afirmación. Le preguntó a Alma por qué habían llegado a esa conclusión. Ella, cada vez más nerviosa, contestó:

—Hicimos un pequeño estudio de mercado —explicó—. Antes de lanzar un producto nuevo, es imprescindible hacerlo para saber el grado de acogida que va a tener. Nosotras teníamos la sensación de que nadie querría una marca más de bebidas energéticas, pero era necesario corroborarlo. Por eso, preguntamos a un centenar de jóvenes por la calle para ver que opinaban y, teniendo en cuenta los resultados de esa muestra, descartamos la opción de lanzar el nuevo producto.

Su exposición fue clara; ella se mostraba segura de sí misma. ¿Quién podía rebatirla? La encuesta dejaba muy claro el resultado. La mayoría de sus compañeros quedaron boquiabiertos, ya que ninguno había llegado a esa conclusión. Además, les sorprendía que hubiese sido capaz de sobreponerse a las risitas iniciales y las burlas de Sonia y sus amigas. Ganándose su respeto, siguieron escuchándola.

—Solamente tres jóvenes afirmaron que sí creían necesaria una nueva marca de bebida energética. Por ello decidimos no seguir adelante con el ejercicio, ya que no tenía ningún sentido definir una estrategia de lanzamiento si un porcentaje tan alto de la muestra rechazaba un nuevo producto.

Acabó su presentación y nadie dijo nada. El profesor apuntó algo en la libreta e indicó a Alma que se sentara. Al regresar a su silla, el compañero de delante le hizo señas para felicitarla. Ya más relajada y completamente satisfecha, esperó a que los restantes grupos expusieran sus trabajos. Sonia le dirigió una mirada de odio.

Una vez finalizaron las presentaciones, Carlos los felicitó, aunque terminó por puntualizar:

—Hoy habéis podido comprobar un fallo que la mayoría de vosotros ha cometido —explicó—. No tiene sentido definir una estrategia de lanzamiento de un producto si nadie quiere ese producto. Estamos en un instituto y este fallo quedará en nada. Pero en el mundo de la empresa, un error así costaría millones de euros. Sobre todo si hablamos de una multinacional.

Cuando terminó la explicación, el profesor empezó a decir las notas en alto, añadiendo un comentario para cada alumno. Al llegar el turno de Alma dijo:

—Alma, tienes un 8,5 como nota de tu trabajo final. Tu presentación ha sido excelente, aunque sabéis que no pongo la nota máxima porque la perfección no existe. Sí creo que deberías haber puesto un par de ejemplos explicando qué hubieses hecho en caso de que el producto hubiese sido viable. Sin embargo, te felicito, has hecho un trabajo excelente. Ojalá hubieses participado más en el curso, como lo has hecho hoy.

Alma se preguntó para qué existían los dieces, si la mayoría de los profesores opinaba que nadie era perfecto. Todos sabemos que nadie lo es, pero recompensarían a aquel que se lo ha ganado. A Alma, sin embargo, le encantó su nota. La más alta de su clase. Sintió que podía comerse el mundo.

El timbre sonó y los alumnos abandonaron el aula comentando las notas recibidas. Alma recogió sus cosas quedándose la última, como siempre. Entonces Arancha se acercó a ella y la felicitó por su exposición.

—Verás, estoy organizando una fiesta en casa el día de nuestra graduación —le dijo—. Si quieres, puedes venirte. Y Diana también, claro.

—¡Por supuesto! —respondió Alma, agradeciendo la propuesta de corazón—. Iré encantada.

Aún faltaban semanas para ello pero le reconfortó saber que contaban con ella. Arancha se fue del aula y Alma, tras recoger todas sus cosas, se dirigió también hacia la salida. La invitación le subió aún más el ánimo. «La verdad es que Arancha nunca ha sido mala conmigo», se dijo.

De repente, alguien la agarró del brazo.

—¿Quién te crees que eres? —le dijo Sonia con su particular tono de prepotencia.

Alma se giró, la miró, levantó una ceja y la ignoró. Era la primera vez que se enfrentaba a ella, aunque fuera con un simple movimiento de cejas.

Cuando estaba ya a punto de salir del aula, una de las amigas de Sonia cerró la puerta bruscamente. Fue entonces cuando Sonia abrió la mochila de Alma y empezó a tirar su contenido. Cogió la manzana que había en ella y la arrojó desde la distancia a la basura de la clase entre los aplausos de sus compañeras. No hacían otra cosa más que reírse y burlarse de su coleta mientras seguían tirando cosas de su mochila. Alma no podía hacer nada por evitarlo.

Cuando se cansaron, Sonia y sus amigas se marcharon de allí riéndose. La profesora de Filosofía, que en aquel momento estaba entrando a la clase de al lado, se asomó al ver el desorden de mesas y sillas en el aula.

—Profesora… —empezó a decir Alma, aún bastante nerviosa.

—¿Qué pasa, Alma? ¿Por qué las mesas y las sillas no están en su sitio? —le preguntó la profesora, atónita, sin entender lo que sucedía.

Alma permaneció callada. Podía haber contado todo cuanto había hecho Sonia, pero no quería ser una chivata. Aquello solo empeoraría las cosas.

—Veo que te afecta estar a las puertas de Selectividad —dijo la profesora—. Anda, ven a clase y déjate de tonterías.

Alma recogió su libro de Filosofía de la taquilla y volvió al aula, donde ya estaban todos sus compañeros. Se sentó en su pupitre y durante una hora escuchó detenidamente los consejos de la profesora para estos días en que tenían que prepararse para la prueba más importante de sus vidas como estudiantes: Selectividad. Según les informó, los exámenes ser harían en una facultad y no en un instituto. Sería, por así decirlo, su primer contacto con una Universidad.

—Y recordad, no os olvidéis del DNI ni os dejéis vuestra cabeza en casa —advirtió la profesora.

A pesar de lo sucedido con Sonia, aquel no había sido un mal día: había hecho una presentación espectacular y estaba invitada a una gran fiesta. Todo iba a ser perfecto.

2 de junio

Ha pasado un tiempo desde que no escribo en el diario. Quizá eso sea bueno. No, seguramente no. Siguen sin salirme las rimas, será que estoy con demasiados textos y temas en la cabeza como para escribir un par de versos.

Papá sufrió un accidente hace ya unas semanas. Mamá y yo sufrimos mucho. Finalmente todo resultó ir bien y ahora está en casa.

Conseguí aprobar el último examen de Matemáticas y ayudé a Diana para que las cosas le salieran bien en Filosofía. Nos ayudamos mutuamente y me alegro de poder decir por fin que he encontrado alguien en quien confiar. Se ha ganado un hueco en mi corazón.

Los días han pasado muy deprisa, marcados por la cuenta atrás en la *prueba de nuestras vidas.* Me he pasado los días repasando una y otra vez cada uno de los temas que tengo que estudiar, desde Literatura hasta Empresa.

Me aterroriza pensar que unos señores y unos estándares de corrección decidan mi futuro y quién voy a ser en la vida. Tengo miedo a fallar, a responder cosas que no tocan, a que no me dé tiempo suficiente...

En dos semanas nos enfrentaremos mi bolígrafo y yo a un destino incierto.

Sonia se sigue comportando como una histérica. No entiendo qué tiene esa chica en mi contra, no entiendo qué le pasa conmigo. Me gustaría saber qué le he hecho para merecerme lo que me hace.

Una vez mi abuela me dijo

Que las chicas buenas no van con falda corta.

Yo, acostumbrada a mis pantalones,

Decidí probar con tales telas.

Resultó que nada cambió.

Seguí siendo igual.

Supongo que lo decía por gente como tú,

Que tienes de buena lo mismo que la falda.

Corta.

Una vez mi abuela me dijo

Que ella nunca decía nada a la ligera,

Y qué razón tenía.

Y quizá sigas sin entender

Que ni quiero rimar

Ni hacerme notar.

No

Como tú,

Corta.

Últimamente tengo sueños extraños. Tengo la sensación de que alguien me sigue y me están pasando cosas poco corrientes.

Me esperan dos agotadoras semanas por delante y no puedo dejar que nada me distraiga. Necesito dar lo mejor de mí, conseguir el 10,45. Cumplir mi meta.

capítulo 11

NO PUEDO, NO DEBO

Llevaba un buen rato corriendo. Aquel día había optado por ir desde la Puerta de Alcalá hasta la mítica Puerta del Sol que, según se decía, era el centro de España. A pesar del esfuerzo y de mantener una buena marca, no se desprendió una gota de sudor de su cuerpo.

Por el camino, sorteó coches, autobuses, personas y semáforos, consiguiendo no bajar el ritmo ni un ápice. Una vez llegó a la Puerta del Sol, se quitó sus auriculares y se quedó observando el famoso reloj que había en la plaza. Ese desde el que se daban las campanadas de fin de año. Sin embargo, aquel día había poca gente paseando por allí. Muy poca, si se comparaba con la multitud que se congregaba en la zona para celebrar el cambio de año.

Con los auriculares puestos de nuevo, corrió por la calle Mayor hasta llegar a Bailén. Dejó atrás las magníficas vistas del Palacio Real, en dirección hacia la calle Ferraz, donde estaba su casa. Entre cláxones y algún que otro grito de conductor, no tardó en llegar al edificio. Subió las escaleras hasta la segunda planta y se dirigió a la puerta de su casa. Dejó las llaves en la entrada y se fue directamente al cuarto de baño, dispuesto a darse una buena ducha. A pesar de no haber sudado, no podía renunciar a un placer como ese. Se fue desvistiendo por el pasillo, dejando tras él un reguero de ropa. Entró en el baño completamente desnudo.

Abrió el grifo y dejó que el agua corriese libremente a pocos grados de temperatura. Cayó por su barbilla sin afeitar y luego se deslizó por sus músculos perfectamente definidos, hasta perderse en la entrepierna. Permaneció un buen rato bajo el agua, relajado y pensando en Alma.

Salió de la ducha y se secó a conciencia. Después se vistió sin prisa. Se puso una camisa azul y unos pantalones blancos de deporte que usaba como pijama.

Entró en su habitación, perfectamente ordenada. La cama no tenía una sola arruga, los libros de la estantería estaban perfectamente alineados y no se podía ver ni una mota de polvo. Sería imposible encontrar un sitio más limpio. Más perfecto.

Se tiró sobre la cama, miró la hora en su teléfono móvil y apagó la luz, dispuesto a dormir un poco. Se sintió reconfortado al notar la suavidad del edredón de plumas bajo su espalda. Permaneció un buen rato pensativo, con los ojos abiertos, mirando al techo.

Pensando en ella.

«No puedo. No debo», decían sus ojos y un leve movimiento de cabeza. Giró la vista hacia la ventana y se quedó mirando fijamente la luz de la farola que iluminaba parte de la habitación. En ese instante, vio una sombra. Algo había volado de allí, dejando caer una pluma al suelo de la calle. Él decidió ignorarlo y cerró los ojos.

No aguantó mucho tiempo. Un rato después volvía a estar despierto. Podía pasarse horas así, sin llegar a dormir profundamente como cualquier mortal. Él no lo necesitaba. Lo que sí podía hacer era soñar.

Fue lo que hizo. Se adentró en un profundo sueño e hizo una mueca que dibujó una sonrisa.

Mi estrella. Mi camino. Mi perfecta historia.
No te apagues.

Cupido

capítulo 12

A LO MÁS ALTO

Se encontró en un pasillo blanco, completamente iluminado por el ventanal que se abría al frente. No se veía ninguna puerta, aunque había unas escaleras al final del otro extremo.

Alma se había vestido completamente de blanco, llevaba su pelo recogido y se había pintado los labios de un rojo intenso. Poco a poco, se aproximó a la ventana por donde entraba el sol. El paisaje daba vértigo. Desde allí podía ver la ciudad de Madrid como si estuviese en el mismísimo cielo. Permaneció así durante minutos, mientras una peculiar silueta la contemplaba desde el otro lado del pasillo.

Alma sintió que estaba siendo observada, pero al girarse no vio a nadie. Se encaminó hacia el otro extremo del pasillo donde estaban las escaleras.

¿Hacia dónde conducían aquellas escaleras? ¿Debía subir o bajar? ¿Cómo afectaría eso a su decisión? Alma prefirió ir hacia arriba.

Subió hasta que se encontró con la puerta que daba a la azotea. Una vez delante de ella, cerró los ojos y la abrió. La luz lo invadió todo y notó su fuerte destello, pese a tener los ojos cerrados. Alma intentó abrirlos, pero le resultó imposible. Le dolían. A duras penas caminó hacia el frente. Mientras sus ojos se acostumbraban a la intensidad de la luz, le pareció distinguir la silueta de una persona que aguardaba en un extremo de la azotea.

Entrevió la silueta de un hombre alado, cuyas alas grandiosas sobresalían de su espalda. Alma se asustó y se detuvo cuando estaba a pocos metros de distancia.

—¿Quién eres? —le preguntó Alma.

—¿Acaso importa?

—Me gustaría saber con quién hablo, aunque no pueda verte.

—¿No te gusta la luz?

—Prefiero poder abrir los ojos sin que me duelan.

En ese instante, la luz se atenuó hasta quedar sumergido el espacio en total oscuridad. Solamente los sonidos servían para guiarse entre ambos.

—¿Qué eres? —insistió—. ¿Por qué estás aquí?

—Por mucho que preguntes, no vas a sacar nada en claro —le dijo el hombre—. Déjame que yo haga las preguntas. Todo será más fácil.

Alma no dijo nada. Aquella extraña criatura se acercó lentamente a ella mientras seguían hablando.

—¿Por qué has subido y no bajado?

—No me gusta la sensación de ir debajo de algo —confesó—. Prefiero elevarme, llegar a lo más alto, sentirme arriba. Me gusta la luz, las nubes, el aire, el sol… Y todo ello es posible arriba y no abajo.

—Curiosa respuesta… —le dijo, pudiendo sentir su voz más cercana.

—¿Tienes miedo?

—No, no me das miedo.

—Bien. No he venido para hacerte daño.

—Entonces, ¿para qué has venido?

Se hizo un largo silencio entre ambos. Solo podían percibirse los pasos del chico y la respiración cada vez más nerviosa de Alma. Una mano agarró la suya.

—No importa qué hubieras elegido, me habrías encontrado. Da igual si hay oscuridad o luz de por medio. Nos acercan muchas más cosas de las que nos separan. Yo te puedo llevar a las nubes, puedo apagar el sol y bajarte la luna si quieres. ¿Quieres saber para que he venido? Para elevarte a lo más alto.

Él se acercó a su boca. Les separaban escasos centímetros. Quería sentir aquellos labios pegados a los suyos. Quería ese beso prohibido. Quería...

Abrió los ojos y despertó.

Alma no solía tener sueños extraños y tampoco solía recordar lo que soñaba. Sin embargo, últimamente sus sueños estaban siendo muy reales, tanto que empezaban a asustarla.

Eran las cinco de la madrugada. Se levantó de la cama y se fue al cuarto de baño. Se enjuagó la cara en el lavabo, intentando despejarse. Regresó a su habitación. Fue entonces cuando se percató de que su ventana estaba abierta de par en par, dejando entrar el aire. Los apuntes de Matemáticas que tenía sobre el escritorio se habían movido de sitio, así como la *Guía Básica de la Publicidad*. Al ir a cerrar la ventana, se encontró en el alféizar una preciosa pluma blanca.

Qué extraño... Alma la cogió y la comparó con la pluma azul que encontró semanas atrás. Decidió guardarla en el cajón del escritorio, junto con las dos entradas de cine. ¿Qué podían significar aquellas plumas? Estaba claro que no eran plumas normales y corrientes. No había nada más que verlas.

¿Se estaba volviendo loca de tanto estudiar? Sintió curiosidad y decidió buscar información sobre ellas en Internet.

Simbolismo de las Plumas.

Se trata de un ropaje que simboliza la ligereza y facilidad para elevarse por los aires, un simbolismo ascensivo y benéfico. Simboliza a aquellos que adquieren algo de la divinidad y la elevación. Suele aparecer en sueños que revelan su espíritu ligero.

Su mensaje depende del COLOR. Si son **blancas** anuncian bienes y felicidad. Si son **azules** anuncian lealtad, entendimiento y tranquilidad. En caso de encontrarlas **negras**, aflicciones, problemas y retrasos.

Alma cerró su ordenador pensando en las plumas que tenía. ¿Tenía sentido lo que acababa de leer o se trataba de la invención de algún estúpido? Negó con la cabeza y, después de apagar las luces, se volvió a dormir.

Tiene un nosequé que hace que todo sea un medaigual si es contigo.

Cupido

capítulo 13

HECHIZADA, DE NUEVO

Eran las cuatro de la tarde y su pierna no paraba de temblar. Alma cerró de golpe el libro de Filosofía y dejó caer su cabeza hacia atrás exhalando todo el aire que parecía haber guardado durante años.

Mañana era el día. Empezaba la Selectividad y sus nervios no podían ser mayores. «Necesito desconectar», se dijo.

Encendió el ordenador, abrió YouTube y se puso a ver vídeos. Entre uno y otro acabó pasando una hora, pero no parecía haberse calmado en absoluto. Al contrario, estaba más nerviosa.

Dejó el ordenador abierto, cogió su móvil y se marchó al salón, donde Silvestris aguardaba recostado en un sofá.

—Mañana voy a morir, Silvestris, reza por mí —le dijo al gato. Este abrió los ojos vagamente al verla llegar.

Estaba acariciando al gato, cuando su móvil vibró. Su corazón se aceleró más aún al comprobar que se trataba del chico del evento. Acababa de escribirle.

—Hola, preciosa. ¿Cómo lo llevas? Estaba pensando si te apetecía salir a correr un rato. Un poco de ejercicio siempre viene bien.

«Parece que me lee el pensamiento», se dijo Alma. Hacía un tiempo que no salía a correr, pero era una gran idea. Necesitaba un poco de ejercicio físico.

—Aceptaré tu oferta. ¿Nos vemos en media hora en la Rosaleda del Retiro?

—¡Trato hecho!

Alma subió a su habitación a toda prisa y se cambió, dispuesta a olvidarse por un rato de lo que le depararía el día siguiente. Después de atarse las zapatillas deportivas, cogió los auriculares y los conectó a su móvil. Antes de salir de casa, se despidió de su padre, que aún estaba de baja.

Salió por la puerta y puso rumbo a los jardines del Retiro. Fue corriendo por el barrio, cada vez a más velocidad, disfrutando de aquellos instantes de libertad. Alma había pasado unas semanas de mucho estrés y desesperación. No era para menos. La Selectividad sería una dura prueba que depararía lo que sería de ella el día de mañana. Lo que más le agobiaba era, cómo no, el examen de Matemáticas. A pesar de todos sus esfuerzos, no se le daban nada bien. En el resto de las asignaturas se defendía bien, pero con las Matemáticas… ¡Solo un milagro la salvaría!

Alma llegó al Retiro. Miró el reloj entre unos jardines llenos de rosas y, al girarse, un chico se acercó a ella. Le conocía.

—Vaya, ¿qué haces tú por aquí? —le preguntó el chico, no sin cierta ironía.

A pesar de que habían quedado, Alma se quedó sin palabras y se sonrojó. Como para no hacerlo, teniendo una divinidad alzándose ante ella. Sus ojos del color de la miel brillaban con luz propia y su peinado con medio tupé le quedaba genial.

—¿Acaso me estás siguiendo otra vez? —continuó ella la broma.

—No precisamente… Mira cómo voy —dijo señalando la ropa que llevaba—. Por cierto, mi nombre es Álvaro —continuó, al tiempo que se acercaba a darle dos besos en la mejilla.

—Así que el chico del evento se llama Álvaro… Un placer —le respondió.

No podía dejar de admirar el cuerpo de Álvaro. Recordaba la cazadora que llevaba puesta la primera vez que lo vio. Ahora iba con una camiseta blanca y unos pantalones azules de deporte que le quedaban perfectamente.

—¿Qué te parece si vamos a dar una vuelta? —le propuso Álvaro.

—Claro, ¿por qué no?

Los dos jóvenes salieron de la Rosaleda a un ritmo pausado, disfrutando del momento. Álvaro le fue contando lo bonito que le parecían aquellos jardines y cómo le gustaba salir a correr por aquella zona de Madrid. Alma, por su parte, tenía la cabeza en otro sitio.

—Te noto algo ausente. ¿Te pasa algo? —le preguntó Álvaro tras ver que no le seguía demasiado la conversación.

—No, te estoy escuchando. Son los nervios por Selectividad.

—Bah —suspiró Álvaro—. Seguro que ya te lo sabes todo y vas a bordar esos exámenes. Recuerda que eres una empollona —dijo en tono burlón.

—No te creas —contestó ella con un tono más triste. Y su expresión se mostró molesta—. Seguro que tú aún ni has estudiado.

Álvaro reaccionó con una carcajada.

—¿De qué te ríes?

—Estás muy mona cuando te pones borde —le dijo, aún riendo—. Además, yo no tengo que hacer la Selectividad —continuó.

—¿Y qué haces con tu vida? —le preguntó Alma.

—Estudio Filología Clásica —dijo con una timidez impropia de él.

—¡Qué suerte! —exclamó ella, aunque puso cara de no saber exactamente para qué servía.

—Me gusta dedicar mis ratos libres a la poesía —declaró Álvaro.

—¿Poesía? —preguntó ella muy feliz.

—Así es.

Alma amaba la poesía y la escritura en todas sus vertientes. No había conocido prácticamente a nadie de su generación a quien le gustara la literatura o la escritura.

—¿Has publicado algo? —preguntó Alma, emocionada.

—De momento no, pero me encantaría recopilar mis textos en algún poemario.

—Eso suena genial.

A Alma le parecía muy interesante que un chico de su edad se dedicara a la poesía.

—¿Qué edad tienes, Álvaro? —preguntó Alma, cambiando de tema.

—Veinte años —contestó él—. No preguntaré tu edad por educación, aunque me hago una ligera idea.

Entretenidos por la conversación, prácticamente no se dieron cuenta de que habían llegado a una de las entradas del Retiro. Al ver la hora que era, Álvaro se despidió de ella.

—Voy en dirección a la Plaza de España —le dijo al ver que subía por la calle Alcalá, en sentido opuesto.

—¡Oh! Bueno, vale —contestó ella.

La despedida no resultó fácil. Había pasado un rato muy agradable con Álvaro y, por fin, había conseguido despejar su cabeza. Le atraía mucho aquel chico, y más aún tras conocer algunos detalles de su vida.

—Oye, ¿qué te parece si quedamos después de Selectividad? Así me cuentas qué tal te ha ido todo —le propuso.

—¿Me estás proponiendo una cita?

—Puede...

Alma sonrió.

—¡Claro! Así podré llorar en tu hombro —dijo riendo.

—¡Exagerada!

—Te escribiré para darte ánimos, Alma. Ha sido un placer estar contigo —dijo cordialmente, mientras se daban dos besos—. ¡Mucha suerte mañana!

Alma esgrimió una sonrisa. Ambos caminaron en sentidos contrarios. Al llegar a un semáforo, se detuvo y se quedó embobada mirando cómo la silueta de Álvaro se perdía entre las calles de Madrid. El semáforo se puso en verde y los peatones cruzaron la calle. Pero ella no podía dejar de mirar a Álvaro.

Como si hubiese sentido su llamada, el chico también se dio la vuelta y la saludó con la mano a lo lejos. Ella se sonrojó y rápidamente se dispuso a cruzar la calle, tratando de disimular su interés por él. Al ver su reacción, Álvaro sonrió.

Alma regresó a casa y durante todo el camino marchó feliz. En su mente había desaparecido la preocupación por los exámenes. Solo había hueco para Álvaro. Se estaba empezando a enamorar.

No quieras ir demasiado rápido,
que aún no te he besado.

No aceleres el reloj
antes
de
tiempo.

Cupido

capítulo 14

MENSAJES

En cuanto se encerró en su habitación, Alma no pudo reprimir la tentación de coger su móvil y escribir a Diana para contarle lo que acababa de pasarle.

—**Creo que voy a morir en cualquier momento, Diana** —tecleó con rapidez—. **Necesito ayuda.**

—¿Qué te pasa Alma? Te veo alterada, ¿es por el «Cogito ergo sum»?

—**No, no es eso** —respondió Alma, reprimiendo una sonrisa.

—¿Es por los tipos de texto que puede que nos salgan en Lengua?

—Tampoco.

—Entonces será por el examen de Matemáticas, ¿no?

—No tiene que ver con Selectividad, Diana.

—Suéltalo ya o vas a explotar, cariño.

—¿Te acuerdas del chico del que te hablé aquella vez?

—¿Qué chico? ¿Miguel?

—¡No! Eso era una sanguijuela. El chico, Diana, EL CHICO.

—¿El de la cazadora?

—Sí, ese mismo —afirmó, acompañando el texto con una carita sonrojada.

—¿El de la cafetería del instituto que se saca los mocos y se piensa que nadie le ve?

—No estamos hablando del mismo, Diana... El chico del evento, ya sabes, el que me esperó cuando me desmayé, ¿recuerdas?

—Oh, sí, qué mal rollo.

—No te entiendo...

—A ver, ya te lo dije. No es muy normal que alguien que no te conoce te espere cuando te acabas de estampar contra el suelo.

—Hay gente caballerosa, ¿sabes? Gente que no te deja tirada el día de exponer un trabajo...

—Hay mucho salido. Ya te lo dije el otro día... Sabes que no me encontraba nada bien.

—Bueno, pues mi caballero de la blanca luna ha aparecido de nuevo.

—¿Qué? ¿Se ha presentado en tu casa?

—No exactamente. He salido a correr con él por el Retiro.

—Vaya, que bonito todo. ¿Y cómo fue?

—Pues dimos una vuelta por el parque y hablamos... —dijo Alma, volviendo a poner una carita sonrojada.

—¿Te dijo algo en especial que te sorprendió?

Alma se detuvo un instante a pensar.

—Bueno, me dijo que le encantaba la poesía.

—¿Poeta? Vaya, qué cosas. ¿Y te dijo algo más?

—Pues no... ¿A qué vienen tantas preguntas?

—Por curiosidad. No se encuentra un príncipe azul todos los días, ¿no? Bueno, a un caballero, perdona.

—Ni que lo digas. Aunque es pronto para decir algo al respeto. Aún sé muy poco acerca de él. El tiempo lo dirá, supongo...

—Estás por él y te da miedo reconocerlo.

Alma se rio al leer el comentario.

—¡DIANA! Me voy a cenar que mi madre hace rato que me llama, nos vemos mañana. No te estreses con Filosofía, que seguro que no se van a pasar con el texto.

—Que no se van a pasar, dice... Como si eso me fuera a tranquilizar... Venga, hablamos mañana. Y descansa, que mañana va a ser un largo día.

—Sí, sin duda. Mucha mierda. ¡Un beso!

14 de junio

Tengo miedo a equivocarme,

A ponerte en un lugar que no te corresponde,

A decir cosas antes de tiempo.

Tengo miedo a que no sea perfecto.

Hagámoslo imperfecto,

Por favor.

capítulo 15

INSOMNIO JUSTIFICADO

Los nervios le impedían dormir. Alma daba vueltas en la cama de un lado a otro, intentando pegar ojo. Era imposible. Por su mente fluían multitud de sensaciones, de pensamientos, de recuerdos, y no podía despejar la cabeza. Al contrario, explotaría de un momento a otro. Apartó el edredón y se sentó como pudo, mirando fijamente el escritorio. Observó durante un rato todo cuanto había en él.

Había pasado más de diez años inmersa en una rutina y por fin tenía al alcance de sus manos donde quería llegar.

En sus ratos libres, Alma se dedicaba a dibujar todo aquello que le pasaba por la mente. Y ahí, en el panel de corcho situado encima de su escritorio, se encontraban algunos de sus mejores dibujos.

Se levantó de la cama y se acercó al escritorio. Cogió todos los bolígrafos que estaban esparcidos sobre la mesa y los guardó en su estuche. Miró su precioso teclado y el ratón de última generación que recibió como premio en el evento y se sonrojó al recordar su incidente.

En ese instante, su móvil se iluminó sobre la mesita que había junto a la cama.

—Buena suerte mañana, chica borde. Ya verás como lo haces muy bien. Tan solo tienes que estar segura de ti misma. No dudes, lo harás genial. Hablamos cuando acabes los exámenes, un beso, Álvaro.

El corazón de Alma latió con intensidad. Leyó detenidamente el mensaje en varias ocasiones. Álvaro estaba en línea y no sabía qué hacer.

«Oh, Dios, ¿debería responderle o hago como si nada?», se preguntó. «Si le respondo ahora pensará que soy una irresponsable por estar despierta a estas horas y si no lo hago podría pensar que no me importa».

Mientras se debatía, comprobó que el estado de Álvaro había cambiado:

Álvaro — Última conexión: hoy a las 03:13.

«Le digo algo mañana», decidió finalmente.

Un ligero golpe de viento empujó la ventana, que estaba entornada. Al acercarse, Alma se encontró una nueva pluma blanca. Extrañada, sacó la cabeza, esperando ver qué tipo de ave dejaba tan curioso rastro. Le pareció que algo se alejaba, aunque no llegó a distinguirlo. Suspiró. Volvió su cabeza hacia la habitación y dejó la pluma en el cajón, junto a las demás.

Cerró la ventana y se volvió la cama. Cogió el móvil, se tapó y leyó una vez más el mensaje.

Por fin pudo dormir.

Yo tan luciérnaga,
Tú tan estrella.

Cupido

capítulo 16

EL DÍA

Aquel era el gran día. Alma había llegado con puntualidad a la facultad que le habían asignado. Se dirigió al aula indicada y allí estaba, sentada en la silla que le había mandado ocupar una profesora que no había visto en su vida. En su mesa tenía un folio boca abajo, con el contenido del primer examen al que debería hacer frente: Lengua. Cuando la aguja del reloj señaló las nueve, la profesora dio la orden de girar los exámenes.

No había tiempo que perder y todos los estudiantes se apresuraron a hacerlo. La prueba presentaba dos opciones. En cada una encontrarían un texto para ser comentado y una serie de preguntas y temas teóricos. Cada alumno debía escoger la que considerara más conveniente.

Alma lo tuvo claro desde el primer instante. Sin duda, iba a tener más facilidad a la hora de enfrentarse al texto de la segunda opción, sobre la timidez en los jóvenes. Y también opinó lo mismo al leer los enunciados de los temas teóricos: ¿«Novela realista y naturalista del siglo XIX» o «Poesía de la Generación del 27»? Estaba clarísimo. Se decantaba por la poesía.

Más tranquila, se centró en el examen. Después de leer el texto detenidamente y de hacer algunas anotaciones, desarrolló un comentario bien estructurado y un buen resumen del mismo. Finalmente, redactó argumentos a favor y en contra de la idea de que en la vida un chico tímido tiene mayores problemas que una chica tímida. El comentario de texto le daba más libertad para demostrar que podía sacar buena nota.

Basó su tesis en que la timidez es algo que puede experimentar cualquier persona, independientemente de su sexo. No es una cualidad exclusivamente femenina y no es necesario ser un don Juan para enfrentarse a la vida. Siguió aportando argumentos y redactando un texto de opinión coherente, para terminar con una buena conclusión:

Ya no vivimos en aquellos tiempos en los que los hombres debían salvar a las mujeres y protegerlas de los monstruos que tanto las aterrorizaban. Un hombre tímido puede tener cualidades iguales o mejores que un hombre extrovertido, no siendo peor hombre por ello. Siempre que cumpla sus propósitos en la vida y lo haga conservando su dignidad y su ética, seguirá siendo un hombre.

Tardó casi una hora en realizar la mitad del examen. Iba bien de tiempo. La profesora les avisó de que aún disponían de tres cuartos de hora. Alma siguió adelante y realizó un análisis sintáctico a la perfección. Después, se lanzó a responder todo cuanto sabía de la poesía de la Generación del 27. Con las ideas bastante claras, empezó con una definición y siguió adelante con las características y los autores más destacados.

Justo cuando terminaba de redactar esa pregunta, una de las chicas sentadas por delante de ella se levantó entre lágrimas a entregar el examen. A falta de veinte minutos, Alma consideró que había hecho un buen trabajo. Se levantó también y se acercó a la profesora para darle el suyo. Por el camino, observó a sus compañeros de instituto y a otros muchos chicos que nunca había visto. Algunos mostraban rostros desesperados. Ella, por el contrario, estaba contenta. Había terminado el primer reto.

Salió del aula y se encontró con Diana, que estaba dos aulas a la derecha que la suya. Al verse, las dos dieron un pequeño salto de alegría. Uno de los profesores que estaba por el pasillo les mandó callar y les pidió que salieran si querían hablar. Así lo hicieron.

Comentaron el examen, comprobando que ambas se habían decantado por la misma opción. Sus respuestas habían sido muy parecidas, por lo que dedujeron que todo había ido estupendamente.

Pasados unos minutos, salieron los demás estudiantes. Sonia y sus amigas aprovecharon para acercarse a ellas. Amelia, una de las del grupo, empezó a comentar detalles sobre el examen. A Alma le sorprendió verse hablando con una de las personas que le había hecho la vida imposible durante los últimos dos años.

—Pues yo he escogido la primera opción. Sin duda era mucho más fácil —dijo en un tono irritante—. ¿Qué puede haber más fácil que un texto científico? Eso, por no hablar del tema de la novela realista y naturalista…

—Pues qué quieres que te diga —interrumpió Diana—. A mí me ha parecido más fácil la segunda opción.

—A ver qué *poema* de examen habéis hecho.

—Uno que ha rimado a las mil maravillas —replicó Diana, quedándose tan tranquila.

Diana le hizo un guiño a Alma, cogiéndola del brazo y despidiéndose de Amelia, que regresó con Sonia y las demás chicas. Sonia seguía con su cara de asco de siempre y miró de reojo a Alma; no podía soportar verla sonreír.

—Diana, dime que lo hemos puesto todo bien. ¿Y si era mejor opción el texto científico? —preguntó Alma, cada vez más nerviosa.

—Alma, tranquilízate —replicó Diana—. Sabes mucho mejor que yo cómo son estas chicas. Te conocen bien y solo quieren descentrarte. Hemos escogido la opción que creíamos más adecuada y no dudo de que has respondido lo mejor que has podido.

A pesar de que muchos de los alumnos acorralaron a la profesora de Lengua, Alma y Diana se marcharon de allí. Por mucho que escuchasen o discutiesen, no iban a ganar nada. Lo que estaba escrito no se podía cambiar. Solo podían ponerse más nerviosas. Y aún tenían cinco exámenes por delante...

15 de junio

Hay gente que hasta en los mejores momentos,

Esos en los que te sientes pletórica,

Quiere intentar hundirte.

Me recuerda a cuando voy maquillada sin paraguas alguno

Y llueve.

Irritante para algunos,

Yo aprovecho para bailar bajo la lluvia.

capítulo 17

MEDITACIONES TERRENALES

El día había sido agotador, pero Alma se sentía muy orgullosa de lo que había respondido en la primera tanda de exámenes. Lo mejor del día fue su comida en la cafetería de la facultad junto con Diana y Arancha, donde les sirvieron un bocadillo de tortilla de patatas que les supo a gloria. Aunque no tan bueno como el que hacía su madre.

Al examen de Lengua le siguió el examen de Filosofía. Alma se defendió estupendamente, exponiendo con claridad las ideas del texto y hablando sobre la *Res Cogitans*, la *Res Infinita* y la *Res Extensa*. Trató de centrarse sobre todo en la sustancia divina, a la que hacía mención el texto de *Meditaciones Metafísicas* de Descartes.

Terminó la jornada con el examen de Inglés, que no le fue tan bien como los demás. No terminaba de convencerle la redacción que había hecho, ya que no dominaba demasiado la lengua. Aun así, no se desanimó. Todavía le quedaban por delante las pruebas de Literatura Universal, Matemáticas y Economía de la Empresa. De hecho, al día siguiente se enfrentaría al de Literatura en primer lugar. Pero estaba tan cansada, que lo primero que hizo al llegar a casa fue subir las escaleras e irse directamente a repasar un rato.

Su madre libraba aquel día. Al oírla llegar se acercó a su dormitorio.

—Alma, cariño, ¿qué tal te ha ido el día?

—Bien, mamá —contestó Alma sin ocultar su cansancio.

—¿Tienes hambre? ¿Te preparo algo de comer?

Alma sacudió la cabeza.

—Te lo agradezco, pero ya he comido algo en la cafetería de la facultad. Me apetece descansar un rato. Mañana me espera otro intenso día.

—Está bien, hija —sonrió Lola—. En ese caso no te molesto más. Seguro que vas a hacerlo bien.

Lola le dio un beso y cerró la puerta lentamente con una tierna sonrisa. Estaba a punto de quedarse dormida, cuando Alma pensó en su Twitter. Tenía bastante abandonada la aplicación desde hacía un tiempo. Entre el fin de curso y los trabajos de última hora, no había tenido tiempo para acceder a ella y decidió abrir de nuevo su cuenta. Después del batallón sufrido por aquellos demoledores exámenes, no le vendría nada mal algo de distracción.

Cogió el móvil y accedió a su perfil. Sonrió al encontrarse de nuevo el logo con el pájaro azul y recordó ese tiempo en que estuvo realmente enganchada. Por aquel entonces no entendía cómo había gente que ni sabía de su existencia. Aunque agradecía que muchos compañeros de clase no supieran de Twitter ni de su perfil, ya que para ella suponía un refugio donde ponerles verdes sin que lo supieran.

Alma se sorprendió al ver que desde la última vez que se conectara contaba con cinco nuevos seguidores: *@alba83*, *@martagdv*, *@Endless_Cupido*, *@AledevhOMG* y *@vives_damia*. Ninguno de ellos le sonaba, así que lo más probable es que fuesen *spammers*. Por eso, indagó cada uno de los perfiles, para saber por qué habían decidido seguir el suyo.

Le llamó la atención la cuenta de *@Endless_Cupido*. Se trataba de un perfil nuevo, creado el día anterior. Contaba con un único tuit.

No quieras ir demasiado rápido,
Que aún no te he besado.
No aceleres el reloj
Antes
De
Tiempo.

Alma sonrió al leerlo, como si fuera para ella. Después de bloquear el móvil, se recostó sobre la cama para descansar un rato.

Cuando se despertó, era la hora de cenar. El estómago de Alma rugió y se apresuró a bajar las escaleras. Su padre había comenzado a moverse con la ayuda de un par de muletas, algo que la alegró enormemente. Y su madre estaba poniendo la mesa mientras se hacían unas *pizzas* en el horno. El olor a orégano y queso fundido invadía la habitación y el estómago de Alma rugió una vez más. En cuanto estuvieron listas, Alma ayudó a su madre a colocarlas en sendos platos grandes.

Cuando todo estuvo listo, su padre hizo ademán de robar una porción. Lola le echó en cara que no fuese capaz de esperar a que estuviesen sentados. Alma reaccionó con una buena carcajada. Sin venir a cuento, Lola cogió un vaso de agua y se lo tiró a su marido, quien al recibir el chapuzón se empezó a reír sin parar. Los tres rieron un buen rato, conscientes de cómo habían puesto la cocina en solo unos pocos segundos.

Pasaron la cena de forma distendida. Evitaron hablar de los próximos exámenes para no poner más nerviosa a su hija, algo que Alma agradeció.

¡Qué diferencia con cómo se sentía unos meses atrás!

Ahora, estaba feliz y nada podía ir mal.

Cada vez que la miro entiendo por qué estoy así.
Como para no estarlo.

Cupido

capítulo 18

CUANDO TÚ QUIERAS

Alma salió de su último examen, el de Matemáticas. Por su cabeza aún flotaban multitud de números, operaciones, cálculos fallidos, borrones y más borrones… Tenía la sensación de no haber hecho ningún ejercicio bien. Desde luego, había tenido serios problemas con las matrices. Quizá, gracias a las restricciones de la función salvase algún punto, pero no creía que le alcanzase para aprobar. Con cierto desánimo, pensó que había sido inútil la noche que había pasado en vela. Pero lo cierto era que, por fin, todo aquello había acabado.

Tenía la sensación de haber hecho unos muy buenos exámenes de Selectividad, exceptuando el de Matemáticas. Una vez más, los alumnos se arremolinaron en los pasillos para comparar los resultados de los ejercicios. «Qué manía», suspiró Alma, a quien todas aquellas cifras sonaban a chino.

De pronto, alguien gritó su nombre en el pasillo.

—¡Alma!

Un profesor le hizo un gesto de reprobación, ya que aún había alumnos rematando sus exámenes. Varios de los presentes se volvieron para ver al recién llegado, un chico ligeramente mayor que ellos. Se trataba de Álvaro.

—¿Qué haces tú por aquí? —preguntó Alma, sintiendo algo en el pecho que no podía evitar.

—He venido a hablar con un antiguo profesor sobre un tema… —contestó Álvaro, alzándose el cuello de la cazadora como si de un modelo se tratara.

—¿No estudiabas Filología Clásica? —le dijo Alma, frunciendo el ceño. Acababa de hacer un examen, pero había retenido aquel detalle. Como cada pequeño instante que habían compartido juntos—. Porque, que yo sepa, esta es la Facultad de Arquitectura…

Álvaro sonrió.

—*Touché*.

Alma decidió no insistir en los motivos por los que Álvaro se encontraba allí y simplemente sonrió. Sin embargo, esa sonrisa se borró rápidamente pensando en qué pasaría si no aprobaba el examen de Matemáticas y hasta qué punto le bajaría la nota por ello. Después de todo, era posible que no pudiese acceder a la anhelada carrera de Publicidad. Caminaron juntos hacia la salida.

—Te noto preocupada... —dijo Álvaro—. ¿No estás contenta con tu examen?

—No —respondió Alma con rotundidad—. Acabo de hacer el peor examen de mi vida. No creo que saque más de un 2 o un 3.

—¿Y por eso te preocupas? —preguntó Alvaro sin darle mayor importancia.

—¿Pero tú eres tonto? —le espetó ella—. ¡Necesito un 10,45 para poder acceder a Publicidad!

—Bueno, bueno... Si no tengo mal entendido, cuenta un sesenta por ciento la nota obtenida en Bachillerato y solo un cuarenta por ciento el resultado de Selectividad. ¿No es así? —comentó.

—Más o menos —reconoció Alma—. Aunque algunas asignaturas como la que acabo de hacer o Empresa, te suben o bajan esa media...

Álvaro asintió. Sabía lo importante que eran esos instantes para todo estudiante.

—¿Y cómo te fue Economía de la Empresa? —se interesó el chico.

—Pues muy bien, la verdad —reconoció Alma—. Creo que solo fallé una pregunta.

—Entonces… ¿Cuál es el motivo para estar tan deprimida?

—Pues que por este asqueroso examen podría no alcanzar la nota que quiero. Soy tonta. Nunca me he llevado bien con los números…

—Alma —le interrumpió Álvaro—. Vamos a comer algo por ahí y desconectas, ¿te parece? —dijo, intentando tranquilizarla.

Apenas se conocían, pero lo cierto era que Alma se sentía segura y tranquila junto a Álvaro.

—Me parece una buena idea, pero tengo un problema… —dijo ella, haciendo un gesto como si de una niña pequeña se tratase.

—¿Otro problema más? ¿De Matemáticas? —dijo él en tono burlón.

—No, idiota —replicó Alma, golpeándole la espalda—. Que no llevo dinero.

—No pasa nada. Esta vez invito yo. A lo que quieras.

—Quiero que me invites a un aprobado. Y quiero saber cantar. Y bailar. También me gustaría tener un buen ordenador. Y tener muchos gatitos. Y, bueno… Déjame pensar…

—Lo que tú quieras, Alma, lo que tú quieras —dijo Álvaro.

«Un beso tuyo», pensó ella.

Fueron hasta el lugar en el que Álvaro había dejado aparcado su coche, en una calle próxima a la facultad.

—¡Aquí lo tenemos! —exclamó Álvaro, presentando un precioso deportivo azul oscuro—. Esta es la joya de la corona de la casa, mi bonita y dulce Dulcinea.

—Mira que eres friki… —dijo Alma—. Por cierto, no sé si te has fijado que lo has dejado subido a la acera. Menudo hidalgo estás hecho…

—Muy graciosa. Como sigas así vuelves a casa andando —amenazó Álvaro entre las risas de Alma.

Al abrir la puerta, Álvaro miró al cielo y percibió algo extraño. También echó un vistazo a sus espaldas, pero no vio nada en particular.

—¿Pasa algo? —preguntó Alma, ya desde dentro del coche.

—No, nada. Imaginaciones mías…

En el momento de subirse al coche, notó algo bajo su pie. Se trataba de una pluma azul. Álvaro la miró extrañado, pero terminó por ignorarla. Después de ponerse el cinturón, el chico sacó unas gafas de sol de la guantera y arrancó el vehículo.

Alma lo admiró. Tenía el coche impoluto. Hasta podía decirse que olía a nuevo. Álvaro conducía con prudencia, rozando la perfección. Y luego estaba él, impresionante como siempre. Alma se fijó en sus facciones, en esos labios carnosos, su irresistible barbilla y esa barba de dos días. Después apartó la mirada, intentando no llamar su atención en exceso.

Álvaro, consciente de su gesto, sonrió para sus adentros. Siguió circulando por las calles. Cuando se adentraron en la Gran Vía, Alma bajó la ventanilla y disfrutó del mágico momento que estaba viviendo. Sus ojos brillaban con una intensidad sin igual.

—Hemos llegado, mi princesa —anunció Álvaro, deteniéndose junto a un restaurante de comida rápida—. Cuando quieras puedes bajar.

—¿Lo dices en serio? —preguntó Alma, atravesándole con la mirada.

—Oh, vaya. Así que eres de esas chicas… —dijo él, improvisando.

—¿Acaso llevas a muchas chicas a comer hamburguesas baratas? —dijo ella, un tanto mosqueada.

—Les doy a elegir hamburguesas, salchichas, patatas… —rio Álvaro.

Alma volvió a golpearle al reconocer el sarcasmo en su voz. Había vuelto a tomarle el pelo.

—Tranquila. Tenía pensado llevarte a un sitio bonito. Ya verás.

Cuando el semáforo se puso en verde, el vehículo siguió su marcha en dirección a la Puerta de Alcalá. Aparcó el coche donde buenamente pudo y se dirigieron hacía el restaurante.

—¿Me llevas a un Kebab? —preguntó ella en tono burlón.

—Veo que tienes algunas manías, pero te aseguro que están riquísimos… —le dijo, estrechándola contra él. Acto seguido le puso la coleta encima de la cabeza.

Ella se colocó el pelo tal y como lo llevaba. No le había hecho ninguna gracia que le tocase la melena.

—No soy maniática —dijo—, pero preferiría algo más tradicional…

—En ese caso te va a encantar el sitio al que vamos.

Llegaron a la entrada de un pequeño establecimiento que pasaba desapercibido. El cartel que colgaba a la entrada estaba viejo y destartalado. Se trataba de una antigua bodega reconvertida a restaurante. Entraron y bajaron las escaleras de cristal, iluminadas a ambos lados con velas dentro de farolillos. Al llegar al sótano, la camarera le pidió a Álvaro la chaqueta y les acompañó hasta una mesa. Sin lugar a dudas, la mejor del restaurante.

Alma estaba fascinada por la majestuosidad del lugar.

—¿Cómo conoces este sitio? Es precioso —dijo ella, sentándose en su asiento. La camarera sonrió al oír el comentario.

—Me gusta mucho callejear y, de vez en cuando, encuentro sitios como este. Mira qué suerte la mía —le respondió.

—Te has pasado, Álvaro. Por lo que veo, no pillas mi sarcasmo —replicó ella, algo cohibida al pensar en el precio del cubierto.

La camarera les entregó las cartas sobre una tabla de madera. Álvaro la estudió detenidamente.

—Habíamos quedado que pagabas tú, ¿no? —preguntó con una sonrisa maliciosa.

—Álvaro... —respondió Alma, con su rostro ensombrecido—. Ya te he dicho que yo...

Álvaro le guiñó un ojo y le hizo una indicación para que escogiese lo que más le apeteciese. Sin embargo, Alma no sabía qué pedir. Para ella todo le sonaba extraño: ceviche, *foie mi-cuit*... Al final, dejó la decisión en manos de Álvaro. Prudentemente, escogió una ensalada de primavera y unas croquetas de boletus para compartir. A continuación eligió un secreto ibérico para Alma, mientras que él tomaría calamar confitado. Acompañarían la comida con un buen vino tinto, algo que Alma nunca había hecho hasta entonces.

Fue una comida entrañable. Alma no paraba de recalcar lo mucho que le gustaba aquel sitio y lo bueno que estaba todo. Después recordaron el día en el que se conocieron en aquella feria de videojuegos, lo nerviosa que estaba al subir al escenario y que parecía que su reloj se hubiese detenido unos instantes. Le habló de sus escritores favoritos y también de los *youtubers*. Álvaro se mostró interesado en este tema. Era un gran aficionado a los videojuegos, a la poesía y relatos de todo tipo, especialmente los románticos. Sin embargo, prefirió no hablar de sí mismo. Permaneció escuchando a Alma que, ayudada por el vino, tenía enormes ansias de hablar. Incluso le contó su historia con sus antiguas amigas y su fracasada relación con Miguel. Se emocionó en varias ocasiones y Álvaro le cogió de la mano en todo momento mientras ella le abría su corazón.

Cuando terminaron de comer, Álvaro se hizo cargo de la cuenta, tal y como le había prometido.

—De verdad, muchísimas gracias —dijo Alma—. Te has portado demasiado bien.

—No ha sido nada, Alma. Ya me lo pagarás con masajes —contestó en su habitual tono socarrón.

—¿Masajes? —preguntó ella, como si no comprendiese.

—Correr cansa, ¿sabes? —repuso con una sonrisa.

Abandonaron el local y se dirigieron al coche.

—¿Vas a conducir? ¡Nos hemos bebido una botella de vino entera! —comentó Alma, que notaba un ligero mareo.

—Ah, no te preocupes —la tranquilizó.

Al subir al coche, Alma consultó su teléfono móvil. Tenía un par de llamadas perdidas de Diana. Al haber estado en un sótano, no había tenido cobertura. La llamó y, como no respondió, no le dio mayor importancia.

Álvaro llevó a casa a Alma al ritmo de Imagine Dragons, uno de los grupos favoritos de Álvaro. Alma le hizo repetir la canción «Demons», después de escucharla por primera vez. Le había encantado.

—Muchas gracias por todo, Álvaro. Gracias por escucharme y por estar ahí —dijo, dándole dos besos a modo de despedida—. Hablamos, ¿vale?

—¡Claro, chica borde! Descansa, que bastante estrés has tenido estos días.

—A ver cuándo me enseñas alguno de esos poemas —dijo Alma, ya fuera del coche.

—Cuando tú quieras.

Alma jugó con las llaves del portal. Antes de entrar, echó un vistazo atrás y vio cómo se alejaba el coche de Álvaro. Una vez dentro de su casa, se recostó sobre la puerta, resopló y sonrió como nunca. Como la chica más feliz de todo Madrid. Como lo que era.

Guardé en mis ojos aquella inocente mirada.

Cupido

capítulo 19

DECLARACIÓN DE INTENCIONES

Alma entró en el salón vestida con una camiseta vieja y unos pantalones cortos. Iba arreglada, pero su pelo era toda una declaración de intenciones. Sus curvas se movían sensualmente a la luz de la lámpara japonesa que lucía en aquel moderno salón. Salió a la terraza del piso y quedó maravillada al ver el cielo plagado de estrellas. Deseó poder agarrar una con sus manos.

Entonces entró él en escena. Iba prácticamente desnudo, con unos bóxers muy ajustados de color blanco. Se acercó lentamente a ella, que estaba encandilada con el cielo estrellado. La abrazó por detrás y ella pudo notar cómo sus músculos se marcaban en su espalda.

—Me fascinan las estrellas. Siempre me he preguntado que habrá allí —dijo ella, sin apartar la vista del firmamento.

—A mí me fascinas tú —contestó él, con un susurro cargado de erotismo.

Alma cerró sus ojos y se volvió, quedando a escasos centímetros uno del otro. Empezó el baile y los besos. Álvaro comenzó besándole el cuello, incrementando la intensidad poco a poco. Ella se dejaba llevar. No podía pensar. En aquel momento no podía desear nada más. Y, como si hubiese leído sus pensamientos, la cogió en brazos y la llevó a la cama.

Álvaro le quitó la camiseta y los pantalones cortos, al tiempo que recorría aquella piel tersa. Sus labios se deslizaron por su cuello mientras Alma respondía acariciándole el pecho.

El móvil sonó, arrancando a Alma de aquel maravilloso sueño. Había sido tan real… Alma vio que el reloj marcaba las nueve de la mañana. Silenció el teléfono y se quedó mirando al techo de su habitación. «¿Será así en realidad? ¿Será tan directo? ¿Acaso me querrá solo para eso?», se preguntó.

Al rato, no pudo evitar la tentación de escribirle:

—¡Álvaro! Ayer no te dije nada después de que me trajeras a casa. Quería agradecerte una vez más esa comida tan estupenda. ¿Tienes plan para hoy? ¿Qué te parece si vamos al cine?

Álvaro respondió en cuestión de segundos.

—¡La chica borde me ha hablado! ¡Qué honor! Me parece perfecto. Te dejo escoger el sitio y la película.

—¡Genial! Dame un momento.

Alma usó el navegador del móvil para ver la cartelera y sus horarios. Le encantaba el cine de terror y escogió una película de este género que daban a las 20:30.

—¿Qué te parece *La niña de la habitación 666*? Tengo un par de entradas que me regalaron en el evento de los videojuegos. El problema es que el cine está en Alcorcón...

—Ah, entiendo. ¿Quieres que lo pase mal con una película de terror y encima me haces conducir hasta Alcorcón?

—No te quejes tanto. Encima que te invito...

—Está bien. ¿Te paso a buscar a las siete, pequeñaja?

—¿No era chica borde? ¿Ahora soy pequeñaja? #MePierdo —escribió, mientras sonreía.

—Eres todo lo malo hecho chica, así que tómatelo como un cumplido.

—Oh, gracias tonto del culo. Hasta luego.

—Es broma, hasta ahora, peque.

Alma cerró su móvil contenta a más no poder. Las palabras «peque» y «pequeñaja» resonaron en su cabeza. Todo cuanto Álvaro decía tenía algo que la hacía sentirse bien. Le encantaba su carácter bromista.

Bajó a la cocina dispuesta a desayunar. En su día libre, su madre estaba preparándose unas tostadas para ver unos capítulos de *Anatomía de Grey*, su serie favorita.

—¡Buenos días, mamá! —saludó Alma—. He quedado esta tarde para ir al cine con unas amigas en Alcorcón. ¿Me dejas ir? —mintió.

Lola dio un bocado a la tostada y la miró con cara de seriedad. Alma decidió insistir poniendo cara de perrito triste.

—Por favor mamá, que hace mucho que no voy con mis amigas al cine —continuó con un tono dulce—. Además, estoy de vacaciones…

—Está bien, Alma. Pero te quiero aquí antes de las 12, ¿vale? —accedió su madre.

Alma dio un brinco de alegría y besó a su madre. Cogió una de las tostadas que había preparado y se la fue comiendo de regreso a su habitación. Silvestris la siguió, pero Alma le cerró la puerta en las narices. Mientras terminaba de masticar, buscó el tráiler de *La niña de la habitación* 666. La crítica era bastante mala y el vídeo no resultaba nada atractivo. Pero se encogió de hombros y sus labios se movieron hacia un lado. «La película es lo de menos», se dijo a sí misma.

Estoy listo para nuevas batallas.

Estoy listo para declararte la guerra.

Cupido

capítulo 20

MENUDAS DIFERENCIAS

—¡Me voy, mamá! ¡Luego te llamo! —exclamó Alma mientras bajaba las escaleras. Cogió el dinero que su madre le había dejado en el mueble de la entrada y desapareció por la puerta.

Lola y Aurelio se quedaron sentados en el salón, mirándose el uno al otro. Ambos se entendieron con aquella mirada, pensando que su hija estaba en plena edad del pavo.

Alma corrió hasta Álvaro, que aguardaba frente a la puerta del copiloto de su deportivo azul. Se había puesto una camisa blanca remangada y unos pantalones cortos.

—Aquí aguarda mi dulce caballero —dijo ella a modo de saludo.

—Mi dulce princesa está hoy radiante —contestó él abriéndole la puerta.

Cuando Alma estuvo dentro, Álvaro se subió en el lado del conductor. Antes de arrancar la miró: llevaba una camisa blanca sin mangas y unos pantalones negros. Se había maquillado y llevaba el pelo sujeto en una coleta. Alma se sonrojó y disimuló consultando su cuenta de Twitter en el móvil, mientras ponían rumbo a Alcorcón.

—¿Tienes algo de Imagine Dragons? —preguntó Alma.

—Claro, mi princesa. Tengo todo lo que te gusta —dijo él.

—No me llames princesa —replicó Alma, en tono bromista—. No soy ninguna princesa, ni mucho menos tuya. Te he invitado al cine, así que no te flipes.

Álvaro se encogió de hombros y puso algo de música. Condujo tranquilamente en dirección a la M-30. Desde allí debía dirigirse a la zona sur de Madrid. Mientras escuchaba música, pensó en Alma. Sabía perfectamente que, a pesar de que disimulase, en el fondo le encantaba.

«Qué guapo está, por Dios», pensó Alma. Miró disimuladamente a Álvaro, que estaba atento a la carretera y a la música. Ahora sonaba «Valiente» de Vetusta Morla. Él se la sabía a la perfección y comenzó a cantarla. Después, una de La Oreja de Van Gogh, uno de los grupos favoritos de Alma.

Consultó su reloj. No pensaba que Alcorcón se encontrase tan lejos del centro de Madrid. Empezó a ponerse nerviosa y Álvaro, al verla, la calmó. Un largo rato después llegaron al cine.

—Venga, vamos —le apremió Alma.

—¿Por qué tienes tanta prisa? —preguntó él.

Alma suspiró.

—La sesión de las 20:30 empieza en pocos minutos, y tenemos que canjear las entradas.

—No tengas tanta prisa anda. No he conducido más rápido en toda mi vida —contestó Álvaro.

—¿Rápido? ¡Si parecías una tortuga!

—¡¿Una tortuga?! —exclamó él, poniéndose delante de ella a la entrada del centro comercial.

Los dos se miraron fijamente, hasta que estallaron en grandes carcajadas. Entraron en el centro comercial y subieron las escaleras que llevaban a las taquillas del cine. Álvaro dirigió su mirada hacia un grupo de chicas muy bien vestidas y Alma le dio un golpe en la espalda.

—Vamos, déjate de tonterías —le echó en cara, acelerando el paso. Él sonrió.

Llegaron al mostrador y Alma habló con el taquillero.

—Buenas tardes. Quería dos entradas para la próxima sesión de *La niña de la habitación* 666.

—Claro. Son dieciocho euros con ochenta céntimos.

—Me gustaría usar estos dos cupones, válidos para cualquier *CineMist*.

El señor calvo tomó los cupones y contestó con un tono repelente:

—Si se fija usted, señorita, detrás indica que son canjeables de lunes a jueves. Y hoy es viernes.

A Alma se le vino el mundo encima. Solamente llevaba encima treinta euros y quería invitar a Álvaro a cenar después. Al ver que Alma no se movía, el taquillero dijo:

—Si usted tiene algún inconveniente puede hablar con mi compañera, que estará encantada de atenderle. Hay gente esperando. Gracias.

Con la decepción en el rostro, Alma se movió a un lado. Álvaro, que había escuchado todo, tomó los cupones de las manos de Alma y se acercó a la ventanilla. Miró fijamente al hombre unos segundos antes de hablar:

—Me parece que hay un error. Estos cupones son válidos para cualquier día de la semana —dijo en un tono que no admitía duda alguna.

—Claro, señor. Ha sido una torpeza por mi parte.

Aquel hombre sacó las dos entradas y rompió los cupones sin rechistar. Alma observó la escena boquiabierta. ¡Si se los acababa de rechazar a ella! ¿Cómo lo había conseguido? Aún sin creérselo, ambos se dirigieron hacia la zona de acceso a las salas.

—¿Cómo lo has hecho?

—Ya le has oído. Todo había sido un error.

—Pero es imposible. En el cupón ponía…

—Olvídalo —le recomendó Álvaro, acompañándola hasta su asiento—. ¿Te apetecen unas palomitas?

Alma aceptó y él fue a buscarlas. Aunque eran lo de menos. Sí. Menuda diferencia ver una película de terror sola y verla junto a él.

El destino es hermoso,
más cuando entre miles de personas
eres tú el Alma que más brilla.

Llevo una venda,
llévame donde quieras,
eres mi guía
y lo que quieras.

Cupido

capítulo 21

LATIDOS ACELERADOS

Álvaro llegó con las palomitas y la película empezó. Durante un tiempo ambos le prestaron atención. Alma se llevó un par de buenos sustos al principio.

—¡Pero cómo hace eso! —preguntó, tapándose la cara con las manos—. ¿Qué necesidad hay de entrar?

—¿No se supone que lo iba a pasar mal yo?

Alma sonrió.

—No lo estoy pasando mal —mintió, con un tímido susurro—. Es la tensión del momento.

Alma se olvidó de las palomitas que Álvaro había ido a buscar especialmente para ella. Estaba pendiente de cuanto acontecía en aquella misteriosa habitación y de la diabólica niña que la ocupaba. A pesar de todo, el interés se fue desvaneciendo a medida que la película se llenó de clichés y situaciones poco realistas. Quizá por eso, Álvaro prefirió centrar su atención en Alma, ver cómo reaccionaba, en lo adorable que resultaba verla allí sufriendo al tiempo que disfrutaba…

La película terminó después de hora y media. Los dos coincidieron en que de miedo no tenía nada. Hubo situaciones tan absurdas que se habían echado a reír en no pocas ocasiones.

—¿En serio acaba así? —preguntó incrédula—. No lo entiendo.

—No le busques mucho sentido —contestó Álvaro, que aprovechó para explicarle la historia de aquella habitación y el motivo que llevaba a que cambiara de forma cada noche—. Era una película francamente mala.

—Tienes razón —reconoció Alma—. Ahora entiendo las críticas que tenía.

—Te recuerdo que la has elegido tú… —dijo Álvaro en tono jocoso.

—Bueno —replicó Alma, cruzándose de brazos. Aquel gesto le hizo gracia a Álvaro.

Cuando abandonaban la sala, Álvaro tiró el cubo de palomitas, prácticamente intacto. Tenían que buscar un sitio donde cenar.

—Hoy toca hamburguesa, ¿no? —sugirió él.

Alma se puso delante de él y, atusándole la camisa, le dijo:

—Me apetece un italiano.

Precisamente había un restaurante italiano no muy lejos de allí. Alma caminó hasta la entrada con alegría y pidió mesa para dos. Una vez sentados, encargaron unas *pizzas* que resultaron ser el doble de grandes que los platos. Álvaro sonrió al ver el rostro de Alma cuando ella comprendió que no se podría acabar la suya ni en sueños.

Entre bocado y bocado, Alma aprovechó para preguntarle sobre todas las cuestiones que le interesaban acerca de él. Empezó por su familia.

—Mi familia no es de aquí —reconoció Alvaro, llamando al camarero con un gesto—. Viven lejos.

—¿De dónde son exactamente? —siguió preguntando Alma.

—Son de Francia.

—¿De qué parte? No tienes acento…

Él se empezó a reír. El camarero se acercó y él le pidió un vino para acompañar las *pizzas*. Alma se quedó blanca al pensar a cuánto podría ascender la cuenta por el vino. «Me veo fregando platos», se dijo.

Álvaro le explicó que vivían en París, donde él había nacido. Alma se alegró mucho al oírlo. Era una de las ciudades que le encantaría visitar.

—Algún día te llevaré —prometió él, troceando otra porción de *pizza*.

Entonces, Alma lanzó una pregunta directa, que descolocó a Álvaro en un principio.

—¿Has tenido muchas novias? —preguntó Alma.

Álvaro cogió la copa de vino y dio un buen sorbo. Levantó una ceja y comenzó a hablar con cierta dificultad.

—Pues… Si te soy sincero, no he sido un hombre de muchas relaciones. Solamente tuve una importante. Estuvimos más de dos años juntos, pero las cosas no acabaron bien. Fue hace tiempo —contestó él.

—¿Qué pasó?

—Falleció en un accidente.

El rostro de Alma se ensombreció.

—Vaya, lo siento —respondió a duras penas—. Debió de ser… duro.

—Así es.

Álvaro se quedó algo cabizbajo, pensativo. Alma decidió no indagar más en el tema. Sabía que era algo que debía ser tratado con delicadeza.

Álvaro empezó a hacer tonterías con la *pizza*, cosa que hizo reír a Alma. Entonces recordó que en menos de una semana sabría su nota de Selectividad; ¿le llegaría para estudiar Publicidad? Él la miró divertido, escuchando lo desesperada que se ponía al pensar en los resultados.

En un momento dado, Álvaro se retiró para ir al baño y Alma aprovechó para revisar el móvil. Tenía un mensaje de Diana.

—¿Dónde andas? Llevo todo el día enviándote mensajes para hablar contigo. Últimamente andas desaparecida.

—Perdona, Diana. Estoy con mi príncipe. Hemos ido al cine y a cenar.

—Ah, bueno. Ahora lo entiendo todo. Espero que haya sido una velada agradable. Bueno, ya hablaremos. Ten cuidado con el postre. Los príncipes azules no existen.

Diana dejó de estar en línea al instante. Alma tuvo la impresión de que estaba algo enfadada con ella. No le respondió. Releyó frase por frase lo que le acababa de decir. ¿Qué significaba eso de que tuviera cuidado con el postre? ¿Iba con segundas?

Álvaro volvió del baño y se la encontró con la vista fija en una de las velas que había en la mesa. Alma le daba vueltas a lo que acababa de decir Diana.

—¿Vamos? —dijo Álvaro, sacándola de su ensoñación.

—Espera, tengo que pedir la cuenta —respondió Alma, sacando la cartera que tenía en el bolso.

—No te preocupes por eso. Ya está pagado —apuntó él—. Venga, vamos.

Ella se levantó enfadada. Después de colgarse el bolso en el hombro, se marchó sin esperarle. Él la siguió, acelerando su paso para ponerse a su altura.

—Álvaro, no quiero que me lo pagues todo. Me hacía ilusión invitarte, ya que el otro día me llevaste a un sitio muy lujoso —dijo ella algo triste.

—No te pongas así, que no pasa nada. A mí eso me da igual.

—Qué tonto eres, por Dios. No lo vuelvas a hacer o no volvemos a quedar.

Pasaban las once de la noche cuando Álvaro puso rumbo a casa de Alma. Durante el trayecto, ella aprovechó para preguntarle algo que la tenía intranquila.

—Oye, Álvaro…

—¿Sí?

—Quería preguntarte algo… —dijo tímidamente—. Este jueves tengo la graduación y después me han invitado a una fiesta en casa de una amiga para celebrar el fin de las clases y de Selectividad. Va a ir mucha gente y me gustaría que vinieras conmigo. También vendrá mi amiga Diana.

—¿Diana? —preguntó sorprendido Álvaro.

—Sí, es mi mejor amiga.

—Está bien. Iré si me prometes que no tengo que vestir formal.

—Eso no te lo puedo prometer.

—En ese caso, no sé si iré —bromeó Álvaro. Y siguió conduciendo.

A pesar de ser viernes, las calles de Madrid estaban casi vacías. Era extraño. Apenas había gente circulando. Las luces dejaban entrever una ciudad sin igual.

Llegaron hasta el portal de su casa y Álvaro bajó el volumen de la música.

—Me ha encantado estar un día más contigo, de verdad... —le dijo Alma, quitándose el cinturón y cogiendo el bolso.

—Yo me lo he pasado genial —reconoció Álvaro—. Y espero que no sueñes con la chica *devorapersonas* de la película.

—No tengo precisamente esos sueños.

Sus bocas se acercaron y sus labios terminaron juntándose en un tierno beso. Álvaro sujetó la nuca de Alma con su mano, por si decidía escaparse. Fueron unos segundos mágicos. Cuando se separaron, ambos permanecieron contemplándose el uno al otro.

Él la miraba como si fuera la primera vez que se estaba enamorando. Ella le miraba como si nunca le hubieran roto el corazón.

Lentamente, Alma alejó su cabeza de la de Álvaro y sonrió. Abrió la puerta del coche y se fue, sin decir nada. Álvaro bajó y observó cómo ella sacaba las llaves y las introducía en la cerradura. Entonces, Alma se giró, le sonrió y se despidió con la mano. Una vez estuvo en su casa, corrió hacia su habitación, se tumbó en la cama y se rio sin parar.

Álvaro arrancó el coche de nuevo. En su interior corrían sentimientos muy similares a los de Alma. Pisó el acelerador y el deportivo azul se perdió a lo lejos, entre los rascacielos.

Un pájaro azul, que lo había visto todo, voló hasta lo alto de uno de esos rascacielos y recuperó su forma humana.

Lo otro eran simulacros.
Tú eres el incendio.

Elvira Sastre

17 de junio

Para Álvaro,

Te sonará extraño, pero durante años he escrito a un diario para desahogarme del mundo entero y del más allá si era necesario.

Una vez conocí a un chico que me rompió el corazón y hasta hace poco no te he hablado de él. Entiende que tras ese desastroso resultado no quiera que esto acabe igual.

Nos conocemos desde hace pocas semanas y tengo miedo de que esto vaya demasiado deprisa.

Tengo miedo de que no seas lo que aparentas, de que me vendas unos ideales en los que no crees, de que seas todo lo contrario de lo que me haces ver que eres.

No te estoy acusando de nada, excepto de que hagas que hoy no escriba a este diario directamente, sino a ti.

Me siento exhausta y enérgica contigo. Tus mensajes me hacen sentir viva y tengo ganas de volver a escuchar esas tonterías que solo tienen sentido si salen de tu boca.

Llevo días recordando cada uno de los momentos mágicos que me has dado, pero no tengo el valor de decirte lo que me haces sentir. Esas manías tuyas de hacerlo todo perfecto. Esos *Buenos días chica borde* por las mañanas que tan mal suenan y tanto me gustan.

Espero que entiendas mi miedo a esto, a que yo sea alguien más. Entiende que esté justificado este miedo. No quiero ser la sombra de nada ni nadie. Por eso lo disimulo entre comentarios varios y silencios. Yo soy más reservada, ya lo habrás visto.

Nunca te entregaré esta carta. Prefiero escribirla antes de dormir y que no sepas que, en el fondo, soy una chica frágil detrás de la aparente chica borde.

Desearía poder tener una máquina del tiempo
Para poder vivir ese instante una y otra vez.

Ese en el que yo me hacía la tonta
Y tú eras el culpable de que te besara.

Maldito chico de la camisa blanca.
Malditos labios que me llamaban a gritos.

Alma

capítulo 22

DARDOS VENENOSOS

Un día más tarde, Alma seguía sin noticias de Diana. Extrañada, decidió que aquella noche no se acostaría sin antes arreglar el problema con su amiga. Fuese lo que fuese, lo arreglaría. Recostada sobre la cama, le envió un mensaje con el móvil.

—Diana, ¿pasa algo? Ayer te despediste de repente y me sentí fatal...

La respuesta de Diana no se hizo esperar.

—No, para nada. ¿Qué va a pasar? Mi amiga lleva varios días desaparecida y pasando de mí por completo. ¿Qué va a pasar?

—Lo siento Diana, he estado liada. Tienes razón. No he estado muy pendiente del móvil.

—Sí, has estado liada con ese chico—replicó con sequedad.

—Se llama Álvaro y no entiendo qué te pasa, de verdad.

—Después de lo que te pasó con Miguel, ¿te dejas llevar por alguien que casi no conoces?

—Diana, estoy bien y Álvaro es bueno. Confía en mí.

—Oh, vaya. ¿Sabes cuál es su apellido?

Alma se quedó mirando absorta la pantalla de su móvil. La pregunta la hería, porque era incapaz de darle respuesta.

—Pues no lo sé, la verdad.

—Vaya, qué cosas. ¿Y sus padres, en que trabajan?

—Diana... No entiendo el motivo de tantas preguntas. ¿Se puede saber qué mosca te ha picado?

—Mira, Alma, ese chico no te conviene. No te acerques a él.

Al leer aquella frase en su teléfono móvil, Alma recordó aquel oscuro sueño en el que esa misma frase salía precisamente de una llamada de Diana. ¿Acaso se trataba de un *déjà vu*? Se asustó por unos instantes pero siguió la conversación.

—No entiendo tu manía con el chico, de verdad. ¿Acaso lo conoces? ¿Sabes cómo es?

—No me hace falta conocerlo para saber que te va a romper el corazón. No existen los príncipes azules. Yo no seguiría ese camino, Alma, no te conviene. Me tengo que ir, que tengo lío. Ya hablaremos.

Alma no entendía nada. Cerró su teléfono y se quedó pensando en todo cuanto le había dicho su amiga. Si bien es cierto que no hacía mucho que la conocía, en ese período de tiempo le había demostrado mucho más que sus compañeros de clase.

«Lo cierto es que Diana tiene razón», recapacitó Alma. «No sé el apellido de Álvaro, ni a qué se dedican sus padres. Tampoco sé si lo de Francia es verdad, aunque sonaba todo tan bonito… Pero, ¿por qué tendría que engañarme?». A Alma le costó dormir con todas aquellas preguntas en la cabeza.

Diana, por su parte, cerró su móvil y empezó a llorar. Las lágrimas resbalaban por su blanca piel, ensombrecida por partes por su largo pelo.

«Jamás debí aceptar esto», se dijo. «Menuda forma de autolesionarme. No entiendo qué sentido tiene seguir haciendo esto». Sus ojos estaban muy rojos. Debía de llevar días llorando y se la veía bastante desgastada.

El suelo de aquella habitación estaba plagado de fotografías, papeles y cartas. La mayoría de ellas mojadas, algunas rotas y otras, por el contrario, permanecían colgadas en la pared.

—¿Me llamabas? —dijo una nueva voz, irrumpiendo en la habitación. Su silueta tapó casi toda la luz que emitía la lámpara de pie.

Diana se levantó del suelo al ver aparecer a Venus ante ella. Estaba tan deslumbrante como siempre. Diana se enjugó las lágrimas antes de hablar.

—Mi señora… Esperaba que llegase antes… —dijo ella.

—Lo lamento. He estado muy atareada con una serie de asuntos —se excusó la recién llegada—. Supongo que es por mi hijo, ¿no es así?

—Así es —asintió Diana confiada y con un tono desafiante—. Está acercándose a ella demasiado. Se han visto en reiteradas ocasiones y temo que descubra su secreto.

—Tranquila, Diana, está todo controlado —respondió Venus—. Si averigua su verdadera identidad, caerá en un sueño del que jamás podrá despertar. Cupido está avisado. Así que, si me disculpas…

Se disponía a marcharse de allí, cuando la voz de Diana la interrumpió.

—¿Cómo? ¿Va a hacer que esa chica muera con tal de que no descubra la verdadera identidad de su hijo?

—No morirá —la corrigió—. Simplemente caerá en un sueño eterno. No podemos correr riesgos Diana, ya lo sabes.

—Entonces, ¿para qué le he estado vigilando? Si ya lo tenía todo pensado, no entiendo por qué me envió aquí.

Venus se acercó hacia Diana, le acarició las mejillas y le dijo:

—Confiaba en que tuvieses la oportunidad de encandilarle.

Tras pronunciar aquellas palabras, la figura de Venus se convirtió en un cuervo y desapareció de la habitación. Varias plumas negras cayeron sobre el parqué.

A Diana le hervía la sangre. «Ha jugado conmigo», comprendió. Indignada, se dirigió al baño. Se miró al espejo y, al ver su reflejo, reventó el cristal de un puñetazo. Después, su cuerpo se convirtió en una hermosa ave de color azul cobalto. Escapó por la ventana de la habitación de al lado, decidida a abandonar aquel mundo. Una pluma cayó lentamente por la fachada del edificio. Era su rastro, que ya había dejado en otras ocasiones.

Al instante, la habitación donde había permanecido hasta entonces fue perdiendo toda huella de divinidad: las fotografías, las plumas negras, las cartas… Todo desapareció por completo. Y Diana también.

Había huido de la ciudad y de nuestro mundo.

Alma sintió un cosquilleo en la cabeza. Tuvo la sensación de que había algo que se le escapaba. No sabía si había olvidado un cumpleaños, hacer alguna cosa o algo más importante.

Eran recuerdos. Habían desaparecido para siempre y no sabía cuáles; sencillamente, ya no estaban en su mente. Se esfumaron igual que lo había hecho Diana volando en lo alto del cielo. Ya nada iba a ser igual.

Necesitamos personas que nos hagan encontrar el tiempo
Que perdimos con errores.

@BenjiVerdes

capítulo 23

GRADUADA

—¡Ya voy, mamá! —gritó Alma desde su habitación. Se contemplaba en el espejo con aquel ceñido vestido de color azul.

Había llegado el gran día. Alma se iba a graduar y recibiría el título de Bachiller. Se había arreglado para la ocasión, recogiendo su pelo con un moño y dejando que algunos rizos cayesen en la cara. Se había maquillado a la perfección y su vestido le quedaba estupendamente.

Bajó las escaleras con cuidado, pues no estaba acostumbrada a usar tacones. Sus padres quedaron boquiabiertos al verla.

—Hija, estás preciosa —dijo su padre.

Los ojos de Lola lo decían todo. Se sentía muy orgullosa de su hija y su boca dibujaba una sonrisa de oreja a oreja. Al llegar al final de la escalera su madre le tocó uno de esos rizos que colgaban de su pelo y le dio un beso en la mejilla.

Lola se percató de que faltaba un detalle y salió corriendo. Aurelio hizo un gesto de impaciencia.

—Vamos a llegar tarde. Ya son casi las ocho —insistió.

Lola regresó de inmediato con unos pendientes, que se apresuró a poner a Alma.

—Mamá, que no vamos a una boda —protestó Alma—. Solo me van a dar el título de Bachiller.

Alma estaba muy nerviosa cuando se subieron al coche. El acto de graduación era el más importante en el instituto, por lo que asistiría mucha gente. Ella quería estar a la altura y había puesto todo de su parte.

Llegaron al instituto, donde les recibió la profesora de Filosofía. Les indicó que debían dirigirse al salón de actos del centro. Mientras recorrían el patio y los pasillos, Alma vio a muchos de sus compañeros. Todos estaban arreglados y formando los corrillos de siempre.

A la entrada del salón de actos se encontraron con Arancha y sus padres. Según les dijo, el acto comenzaría en pocos minutos y todos los asistentes debían ir ocupando sus asientos. Alma vio cómo Arancha salía corriendo por el pasillo para avisar a los demás.

Los padres de Alma se quedaron hablando con los de Arancha y entraron juntos. Alma se quedó sola, viendo lo fácil que resultaba para ellos hacer amigos. No habían pasado ni cinco segundos de aquello, cuando Alma vio que Álvaro se acercaba desde el fondo del pasillo.

Iba elegantemente vestido con un traje negro y esa camisa blanca que tanto le gustaba. Al verla, minoró el paso y se llevó el pulgar al labio, haciendo un gesto característico que la hizo reír. Era guapo. Irresistible. Alma no podía creer que aquel chico fuese terrenal.

Arancha y muchas chicas, entre ellas Sonia, se quedaron estupefactas al ver al chico que se disponía a saludar a Alma. Inmediatamente, comenzaron los chismorreos.

Álvaro se acercó hasta ella y la besó.

—Estás preciosa, Alma. Nadie diría que puedes llegar a ser la chica más borde del mundo.

—Tú estás... Bueno... No sé qué decir... Pensaba que no ibas a venir...

—¿Cómo no iba a venir?

Pasaron las chicas y Arancha se acercó a Alma. Las miradas de las demás delataban los celos que las envolvían.

—Si no te importa, me la llevo. Esta hermosa dama está a punto de graduarse.

Mientras Alma y Arancha se colocaron en los primeros asientos de la sala, Álvaro se sentó en uno de los extremos del fondo. Al ocupar su sitio, Alma sintió que pisaba algo extraño. Cuando miró al suelo encontró una pluma blanca. Otra más. «Parece que las plumas me persiguen», pensó.

—Qué callado te lo tenías, ¿eh? —le espetó Arancha, ya sentada a su lado.

A pesar de la pícara sonrisa de su amiga, Alma miró al frente. Afortunadamente fue Carlos, el profesor de Empresa, el que rompió el incómodo silencio. Subió al escenario y rogó la atención de los asistentes para dar comienzo a la gala.

Carlos era el profesor que los alumnos de Bachiller habían elegido como ponente de aquel acto, para acompañar al director y a la profesora de Inglés. Fue una ceremonia muy emotiva. El director pronunció unas palabras, recordando el gran sacrificio que habían hecho durante dos años y del que ahora recibían su recompensa.

También hubo momentos graciosos durante la intervención de la profesora de Inglés, ya que su pronunciación del castellano era bastante mala y pocos de los presentes entendieron su discurso. Cuando salió Carlos, a Alma se le escapó una lágrima que detuvo antes de que le estropeara el maquillaje. Fue emocionante escuchar las palabras que les había dedicado.

Finalmente, Carlos dio paso a Sonia. Como representante de los estudiantes, leería una carta que cerraría el acto. Sonia subió al escenario, luciendo un vestido con vuelo de color amarillo chillón, como su personalidad. Una vez estuvo delante del atril, sonrió. Mirando al fondo de la sala, sorprendió a todos.

—Tenía pensado leer una carta que había preparado. Sin embargo, me consta que mi compañera Alma ha preparado unas preciosas palabras que estoy segura de que os van a encantar. Démosle un aplauso.

Alma se quedó de piedra. «¿Qué clase de broma pesada era esa?», pensó. No entendía nada. Su primer impulso fue no salir. Arancha la miró con sorpresa, sin comprender qué estaba pasando. Sin duda, era una encerrona. Los asistentes empezaron a aplaudir y Alma comprendió que tenía que levantarse. Fue aquella mirada a Álvaro la que le infundió serenidad y confianza. Caminó con decisión hacia el atril. Cuando se cruzó con Sonia esta le deseó suerte.

—Gracias, preciosa —respondió Alma con ironía.

Pero su voz no temblaba. Algo en su interior le decía que aquello no era más que una prueba más. Que tenía la oportunidad de dar a Sonia en las narices y ridiculizarla en su propio campo. Alma llegó al atril entre el sonido de los aplausos pensando aún qué iba a decir.

Carraspeó. Allí estaba de nuevo, sobre un escenario. Sola y enfrentada a una multitud pendiente de sus palabras. Únicamente tenían ojos para ella. Y entonces se dio cuenta de lo que aquello significaba. Sin darse cuenta, Sonia le había cedido el protagonismo. Tenía que aprovecharlo.

Una última mirada a Álvaro le dio todas las fuerzas que necesitaba. Él nunca permitiría que nada malo le pasase. Estaría con ella en todo momento. Lo sabía.

—Quiero agradecer en primer lugar al director, al profesorado y, por supuesto, a todos los asistentes su presencia en esta gala —empezó, cogiendo un poco de confianza—. Debo reconocer que soy un poco desastre. Con los nervios me he dejado en casa la carta que tenía preparada, así que no tendré más remedio que improvisar. Por supuesto, no me alargaré demasiado.

Alma escuchó algunas risas. Ella no llegó a verla, pero estaba convencida de que Sonia estaría enfurecida. Seguro que lo último que podía esperar era que Alma saliese victoriosa de aquel aprieto.

—Durante dos años, hemos compartido aulas y libros. En todo este tiempo hemos aprendido mucho. Cosas inútiles a mi modo de ver, como las características de los simios —dijo Alma arrancando nuevas risas entre los asistentes—, pero otras que nos abren un mundo repleto de posibilidades, como, en mi caso, la Publicidad. Por eso, me gustaría dar las gracias en nombre de todos los alumnos a los profesores por la paciencia que han tenido a la hora de enseñar y, sobre todo, la dedicación que han demostrado ayudándonos. A pesar de toda esa ayuda, reconozco que a día de hoy sigo peleada con las matrices.

La gente rio nuevamente.

—En definitiva, no vamos a olvidar nunca estos dos años. No ya solo por todo lo aprendido, sino por los valores que se nos han inculcado y, por supuesto, por todos los amigos que hemos hecho. De verdad, ha sido una experiencia única. Muchas gracias.

Los asistentes la ovacionaron. Lo había conseguido. Había hilvanado un discurso breve, pero emotivo. Y había salido del paso. No había dado la impresión de improvisarlo y, satisfecha de sí misma, Alma regresó a su asiento entre aplausos. Álvaro y sus padres se pusieron en pie, orgullosos de ella. Sus compañeros, entre los que también se incluían las amigas de Sonia, también la felicitaron con señas y levantamientos de manos. Sonia estaba rabiosa.

El acto finalizó con la entrega de títulos. Los profesores les fueron llamando uno a uno para darles uno provisional y un obsequio del centro. Después, concluyeron con una foto de grupo. Una vez el director clausuró el evento, los padres se reunieron con sus hijos. Aurelio, ya recuperado tras el accidente, no paró de hacer fotos a su hija con su viejo móvil, mientras Álvaro aguardaba prudentemente en la distancia.

—Hija, has estado fenomenal —reconoció su madre—. No teníamos ni idea de que ibas a hablar en nombre de tus compañeros. No sabes lo orgullosa que me he sentido.

—Gracias, mamá —respondió. Lo cierto era que ni ella sabía que tendría que intervenir. Pero como así había sido, el mérito era suyo.

Mientras hablaba con sus padres, Arancha se acercó.

—Recuerda, nos vemos todos en mi casa después —dijo—. Te he mandado la dirección por WhatsApp. ¡No me falles!

—Allí estaré —prometió, mientras Arancha se acercaba a otro grupo para recordarles el festejo.

—Bueno, cariño, ¿te llevamos a casa? —preguntó Lola.

—No, no te preocupes. Me quedo con unas amigas.

Sus padres asintieron comprensivos. Aurelio sonrió y le dijo una vez más que estaba preciosa. Acto seguido, sus padres se despidieron de los de Arancha, y Alma aprovechó para acercarse hasta Álvaro.

—No sabía que exponías tan bien. Recuerdo aquella vez que te tuvieron que recoger del suelo —dijo él bromeando.

—Pensaba que con americana serías más intelectual.

—¿No me vas a presentar a tus padres? —preguntó Álvaro al ver que se marchaban.

—Cuando me presentes tú a los tuyos —replicó tajantemente ella.

Álvaro ignoró aquel comentario y, rodeando la cintura de Alma, la acercó.

—¿Te he dicho que estás preciosa?

—Sí, me lo has dicho.

—Creo que nunca te lo diré suficientes veces.

Y la besó.

24 de junio

Ni en mis mejores sueños

Podría haber imaginado jamás encontrar

Alguien como tú.

Que nadie me despierte,

No sé qué es esto.

Ni en mis peores pesadillas

Podría imaginar despedirme de

Alguien como tú.

Que nadie me despierte,

Estoy flotando, dejadme vivirlo.

capítulo 24

EL DESCUBRIMIENTO DE ÁLVARO

—¿No me irás a raptar, verdad? —insinuó Alma, mientras Álvaro se concentraba en las indicaciones del GPS.

Álvaro asintió, sin prestarle demasiada atención. No terminaba de quedarle claro si tenían que ir a la derecha o a la izquierda.

—Todas las calles parecen iguales —protestó, circulando por aquella urbanización.

—Pero si tienes un GPS, hazle caso y ya está.

Finalmente llegaron a la casa de Arancha. Ya había muchos coches aparcados en la zona.

—Mira que gato más mono —dijo Alma, señalando sobre un muro un gato que se parecía a Silvestris.

Bajaron del coche y Álvaro puso el gato en su regazo. A Alma le encantó aquella escena tan adorable. Cuando el animal comenzó a sollozar, él lo dejó donde lo había encontrado y cerró el coche.

Arancha estaba en la puerta de la casa, hablando con unos chicos que Alma no conocía de nada. Al verla se miraron entre ellos como si algo les hubiera despertado. Álvaro se percató de su reacción y rodeó a Alma con su brazo en sentido protector.

—Qué bonitos sois —dijo Arancha al verlos—. Yo soy Arancha.

—Álvaro. Un placer —contestó él.

—Alma, siento mucho lo de Sonia —se excusó su amiga—. No creía que fuera capaz de hacer algo así sabiendo lo tímida que eres en clase.

—No pasa nada. Ya sabes cómo es. Me la tiene jurada…

—Bueno, chicos, en la cocina tenéis bandejas con entrantes y tapas. Encontraréis bebidas en la barra del salón. Así que sentíos como si estuvieseis en casa.

—Muchas gracias —contestaron ambos a la vez.

Se adentraron en aquel lujoso chalet que impresionó a Alma. La puerta permanecía abierta, dejando penetrar un poco de aire fresco, mientras la música electrónica aprovechaba para escapar. Llegaron a un pasillo con una cristalera que daba a un jardín con una piscina iluminada. Varios invitados estaban fuera charlando y bailando, disfrutando del ambiente.

Álvaro y Alma se dirigieron al salón y se sirvieron unas bebidas. Ella se fijó en que había flores por toda la casa, que le daban un aspecto muy alegre. De ahí pasaron a la cocina, donde había bandejas repletas de aperitivos.

—¿No venía tu amiga? —preguntó Álvaro, mientras Alma se servía una pequeña tostada con salmón.

—¿Qué amiga? —preguntó ella, dando un sorbo a la bebida.

—Diana.

—¿Diana? No conozco a ninguna Diana —contestó—. ¿Es otra de tus bromas?

Álvaro se quedó pensativo. Comprendió quién era Diana y por qué se había acercado a Alma. Estaba seguro de que Venus, su madre, estaba detrás de todo aquello.

—No, perdona —se excusó—. Me refería a Arancha.

—¡Pero si Arancha es la chica antes! ¡Menudo despiste tienes! —contestó Alma entre risas.

—Sí, vaya lío —sonrió, haciéndose el tonto—. Disculpa, voy al baño. Vuelvo enseguida.

Álvaro se quedó mirando su reflejo en el espejo de aquel baño atestado de vasos en todas las repisas. Mientras Alma aguardaba en el salón, él no sabía qué hacer.

«No puede ser», se dijo Álvaro. «No puede haber llegado tan lejos. ¿Por qué Madre haría algo así? Sé perfectamente dónde están los límites».

capítulo 25

CONTRA TODO PRONÓSTICO

Alma se quedó contemplando unas fotografías que había en una de las librerías del salón. Fue el momento que aprovechó Amelia, una de las amigas de Sonia, para acercarse a ella. Sus ojos azules brillaron y se tocó nerviosamente las puntas de su pelo liso.

—Alma, quería pedirte perdón —le dijo—. He sido injusta contigo y he hecho cosas de las que me arrepiento profundamente. De verdad que lo siento.

—No me esperaba esto, Amelia —reconoció Alma ante aquel acto de sinceridad—. Reconozco que, al principio, me dolió mucho vuestra actitud. Más adelante me di cuenta de que lo hacíais para seguir la corriente a Sonia.

—¿Te vienes al jardín un momento? Ella no ha llegado aún y queremos hablar contigo.

Alma asintió. Dejó su copa en la primera mesa que encontró y atravesó con Amelia la puerta corredera que daba al exterior. Era un jardín precioso, con flores en todos los rincones. También vio una barbacoa en uno de los laterales, donde dos chicos hablaban y bebían. Curiosamente, la gente parecía haberse evaporado. El ambiente estaba muy tranquilo.

—Alma, queremos pedirte perdón por lo que hemos hecho —dijo María en nombre de las presentes.

—Os agradezco este detalle, chicas —reconoció Alma—. Como le he dicho a Amelia, aprendí a saberlo llevar. Diría que hasta me ha venido bien lo de hoy.

—Hoy se ha pasado. No nos esperábamos que hiciera eso.

De pronto, la puerta corredera se volvió a abrir. Era Sonia.

—¡Cómo te atreves a dejarme en ridículo! —le espetó amenazante al verla.

—Sonia, tranquilízate —medió Amelia.

—¿La vais a defender? —gritó Sonia—. ¿Vais a salir con ella de fiesta ahora?

Las amigas de Sonia permanecieron mudas ante su rabieta. Sonia apuntó con el dedo a Alma. Sus lágrimas habían hecho que se le corriese el maquillaje, dándole un aspecto grotesco. Cuando su dedo contactó con el pecho de Alma, la presionó. Alma dio un paso atrás, hacia la piscina.

—Mira Alma, estoy muy cansada de que siempre estés por encima. Llegaste pensando que te ibas a comer el mundo y no te comiste un rosco. La chica tímida y guapa en la que en todos los chicos se fijaban, por supuesto. La chica que a todos enternecía...

Estaba completamente fuera de sí. Un grupo de curiosos se aglomeró junto al cristal, observando cómo Sonia amenazaba a Alma con tirarla al agua.

—Sonia, entiendo que te sientas frustrada por no haber ocupado nunca el lugar que creías merecer. De verdad que lo siento mucho —dijo Alma, alejándose de la piscina y poniéndose de espaldas al cristal.

Ella dio por zanjado el incidente. No quería más discusiones. No quería estropear aquel día. Se giró con la intención de marcharse, pero Sonia no la dejó. Álvaro se unió al tumulto de gente y abrió la puerta corredera con la intención de ayudarla.

—¿Sabes qué? Que no has conseguido hundirme —le echó en cara Alma entonces—. Nada de lo que has hecho me ha detenido. Y, lo siento, pero te diré que nunca ocuparás ese lugar que tanto deseas. Nadie respeta a una princesa sin modales. Llevas una falda preciosa, lástima que no tengas nada más que aportar.

Tras esas palabras, Alma no pudo frenar su impulso y, avanzando hacia ella, la tiró al agua. Los cotilleos y las risas se hicieron presentes.

Fue Álvaro quien vio que las fuerzas de Alma flaqueaban. Se había quedado pálida y corrió a ayudarla. Llegó justo en el momento en el que le fallaban las piernas. Pero esta vez los brazos de Álvaro la sujetaron antes de desplomarse.

—Llegas siempre en el momento idóneo. ¿Cómo lo haces? —dijo ella antes de perder la consciencia.

—Porque nunca quiero verte caer Alma. Siempre quise elevarte a lo más alto, princesa —contestó él, aunque ella ya no le oía.

Álvaro se llevó a Alma en brazos, dejando la casa enmudecida. Los invitados los miraron alejarse como si estuvieran embrujados. Sonia, desde el agua, donde nadie la ayudaba, también los contemplaba con cara de incredulidad. Quizá se había dado cuenta de su actitud infantil durante años. O quizá todo era cosa del alcohol.

Te he soñado en tantas noches y de tantas formas que
En ocasiones dudo si estoy viviendo o estoy soñando.

Quemaré todo aquello que nos debilite,
Utilizaré mi fuerza contra todo lo que pueda corromper.
Intentaré de todas las formas
Estar siempre a tu lado.
Renunciaré a mi divinidad si es preciso.
O simplemente te amaré por el resto de la eternidad.

Qué fácil es quererte, pequeñaja.
Qué fácil es que me hagas feliz.

Cupido

capítulo 26

EL MEJOR BAILE DE LA NOCHE

Álvaro llevó a Alma a su casa para que recobrara la consciencia. Cuando llegó, dejó su pequeño bolso en la entrada del piso y se tumbó en el sofá con ella. Durante media hora escasa, contempló el rostro de aquella chica que le había cautivado. Le acarició lentamente su cabeza, jugando con su pelo. Ella permanecía dormida sobre su pecho, inmersa en un sueño que Álvaro no quiso interrumpir.

De pronto, Alma se despertó. Al levantar su cabeza, se dio con la de Álvaro.

—Lo siento. ¿Dónde estoy? ¿Qué ha pasado?

Él la serenó y Alma, sintiéndose en la gloria, se recostó de nuevo sobre el pecho de Álvaro.

—Tiraste a la chica malvada a la piscina.

Alma volvió a incorporarse como un resorte, colocando las manos como buenamente pudo en aquel sofá blanco.

—¿Me lo dices en serio? —preguntó alarmada—. ¿No lo he soñado?

—No. Lo hiciste y luego te desmayaste —confirmó el chico—. Esto último no es novedad, ¿verdad?

Alma le dio un cariñoso bofetón. Después comenzó a reír, mientras él se acercaba. El juego acababa de empezar. Álvaro le hizo cosquillas en el vientre.

—Para, Álvaro —dijo ella entre carcajadas—. ¡Para!

Alma acabó tirando a Álvaro al suelo y ella cayó sobre él.

—¿Te he dicho alguna vez que eres guapísimo?

—¿Te he dicho alguna vez que me pones como una moto?

Ambos empezaron a besarse sin parar, con una intensidad sin igual. Iban al compás. Álvaro saboreaba aquellos besos que tanto le gustaban. A su vez, Alma le sujetaba por el pelo con fogosidad. Se acariciaron. Álvaro sostuvo a Alma por sus caderas y ella respondió desabrochándole los botones de la camisa entre beso y beso. Tenía un cuerpo para quitar el aliento.

—Vaya, vaya —susurró con picardía a escasos centímetros de su boca.

Ella se dio la vuelta para permitir que Álvaro le desabrochase su hermoso vestido azul. Después se soltó el pelo, dejándolo caer por su espalda como una cascada. Cuando se volvió, solo tenía ojos para Álvaro y le besó ardorosamente. Él la sujetó y besó su cuello. Alma se retorcía y agarraba con fuerza su espalda.

—Es mi primera vez… —susurró ella.

—Tranquila, no te dolerá. Te lo prometo.

Ambos se acariciaron, viviendo un momento mágico. Alma sintió la fuerza de Álvaro. Un chispazo de dolor. En cuestión de segundos, experimentó un placer indescriptible.

Aquellos minutos en los que ambos estuvieron conectados se hicieron cortos. Alcanzaron el séptimo cielo y quisieron conquistarlo de nuevo minutos más tarde. No tenían suficiente. Eran insaciables. Como su amor.

—Gracias por ser así conmigo —dijo Alma, colocada sobre él—. Por ir despacio cuando lo necesito, por correr cuando es el momento y por sostenerme cuando me caigo. Nunca había llegado tan lejos con alguien y qué mejor que con la persona que quieres y te quiere.

—Yo no he dicho que te quiera. Yo te odio y mucho —replicó Álvaro, contemplando la belleza de Alma.

—Idiota —dijo ella, golpeándole el pecho.

Ambos permanecieron durante un buen rato mirando el techo, completamente exhaustos.

—Recuerdo que alguien me dijo en una ocasión que los príncipes azules no existían —dijo Alma en tono pensativo—. Pero lo cierto es que tú te comportas como si lo fueras, como si llevaras sangre azul en las venas.

—Tú no pareces una princesa cuando lanzas chicas a una piscina, pero eres la chica más guapa que nunca he besado.

—¿Me quieres?

—A preguntas tontas, besos tontos —respondió él, acercándose a besarla de nuevo—. Pues claro que te quiero.

Entonces Alma se dio cuenta de lo tarde que era. No llevaba el reloj puesto, pero era tardísimo. Seguro.

—Mi madre me va a matar. Mi madre me va a matar —murmuró, mientras se levantaba a buscar su bolso. Cuando lo encontró, consultó la hora en el móvil—. Las cuatro y media. ¡Oh, Dios! Hora en que Alma Sánchez falleció en manos de su madre.

Álvaro se lo pasaba en grande viendo los gestos desesperados de Alma, vistiéndose a toda prisa y preparándose para volver a casa.

—Ayúdame a ponerme bien el vestido —protestó.

—Solo un acto de amor verdadero puede derretir un corazón helado —dijo él, cerrando sus ojos y poniendo morritos, estirado en el suelo haciéndose el dormido.

Alma le tiró los pantalones y le dijo que se dejara de tonterías. No quería ni pensar en la bronca que le iba a caer. Ambos se apresuraron a vestirse y dejaron el piso donde tanto se habían divertido y donde tanto habían sentido el uno dentro del otro.

24 de junio

Enredé mis manos en su pelo en más de una ocasión,

Con demasiada fuerza rasqué su espalda sin darme cuenta.

Me costó adaptarme en un principio a aquel extraño baile.

Intenté hacerlo mejor en aquel peculiar vals.

Sentí su piel a una distancia que nunca jamás había tenido.

Acabé sin saber en qué momento ponerle un punto y final

A aquellos pasos que nunca había probado hacer.

Acabé sin ponerle punto y final.

Todo acabó suspendido entre otros dos.

Continuará.

capítulo 27

TACONES EN MANO

Alma abrió la puerta de casa lentamente, intentando que ningún ruido advirtiera a sus padres de su hora de llegada. Cerró con más sigilo aún. Caminó de puntillas por el recibidor y vio de refilón en el salón a su madre, aparentemente dormida, con la cabeza recostada en el sillón. La televisión estaba encendida. Con un poco de suerte, amortiguaría los pequeños ruidos que pudiera hacer.

Alma siguió su paso camino de las escaleras, con sus zapatos de tacón en la mano. Ahora que sabía que su madre se encontraba cerca, toda precaución era poca.

—Alma, ¿dónde has estado?

La pregunta rasgó el silencio como un cuchillo, dejando a la chica completamente helada. No tenía más remedio que hacer frente a la situación. Tragó saliva.

—Lo siento, mamá, no me he dado cuenta de la hora... —se excusó Alma, bajando uno de los escalones.

Lola se acercó hacia ella.

—¿Crees que es normal llegar a casa a estas horas? Lo menos que podías haber hecho es llamarme o mandarme un mensaje, para que supiera algo de ti. He estado muy preocupada.

—Lo siento, mamá, me he olvidado. De verdad.

Lola sacudió la cabeza. Era consciente de que no tenía mucho sentido seguir discutiendo a esas horas.

—Espero que esto no se vuelva a repetir. De lo contrario, no tendré más remedio que controlar más tus salidas —le dijo. Se la veía cansada. Sus ojos enrojecidos por el insomnio la delataban—. Ahora, sube a tu habitación.

Alma se acercó a su madre y le dio un beso en la mejilla. Corrió escaleras arriba y se encerró en su cuarto. Dejó los tacones en el suelo y se tumbó en la cama. Después de un día cargado de emociones, no tardó mucho en dormirse y empezó a soñar. Su boca rápidamente sonrió, dejando entrever que se trataba de un sueño placentero.

La ventana de su habitación se abrió de par en par y Álvaro entró volando a través de ella. De su espalda destacaban dos magníficas alas cargadas de plumas blancas. Le rodeaba una especie de aura, algo que lo hacía brillar con más intensidad de lo normal. Sin duda, Álvaro era alguien más que aquel chico aparentemente corriente del cual Alma se había enamorado locamente.

En el sueño, Álvaro aparecía como siempre, con ese mentón que tanto le gustaba a Alma y sus ojos del color de la miel. Su pelo seguía despeinado, igual que lo dejara Alma horas atrás. Se acercó a su cama y se quedó mirándola. Puso una mano sobre su cabeza y la acarició suavemente. Su cara se fue acercando a la suya y la besó en la frente. Después de eso, se marchó por donde había venido.

Alma abrió sus ojos y observó cómo la ventana estaba abierta de par en par. Una pluma blanca flotaba en el aire y fue a parar a su cama. Alma, completamente agotada, la miró y sonrió.

Millones de personas en este mundo y solo tú
Me haces soñar con los ojos abiertos.

Cupido

capítulo 28

LAS NOTAS

Alma se despertó temprano para la hora a la que se había acostado y se metió en la ducha. Si el día anterior había sido el de su graduación, aquel era todavía más importante: por fin recibiría sus notas de Selectividad.

El agua fría no consiguió apaciguar su dolor de cabeza, pero mientras se enjabonaba recordó todos y cada uno de los instantes de su encuentro con Álvaro. Recordó cómo ambos se acostaron y se quisieron de una forma única. Sin dejar de sonreír, se vistió y bajó a la cocina con la melena suelta.

Intentó acceder desde su móvil a la plataforma de Internet por la cual podría ver los resultados de Selectividad, pero estaba colapsada. Decidió que probaría pasados unos minutos, por lo que aprovechó para acceder a su cuenta de Twitter. Allí se comentaba que solo aquellos que habían entrado a primera hora de la mañana habían podido consultar sus notas. Al parecer, los servidores de la web llevaban más de una hora sin responder.

Alma sintió que un sudor frío le recorría la espalda. Se preparó el desayuno mientras actualizaba la web de cuando en cuando. Entretanto, su madre apareció en la cocina, preparada para irse a trabajar.

—Por lo menos veo que eres madrugadora —dijo a modo de saludo—. No vayas a pensar que se me ha pasado el enfado por lo de anoche. Cuando seas madre, sabrás lo que se siente.

—Lo siento, mamá… Es que hoy se publican las notas de Selectividad y estoy de los nervios.

—Eso lo explicaría todo. Relájate, ya verás cómo consigues la nota que quieres. Llámame cuando sepas algo.

—Claro, mamá.

—Veo que últimamente no te haces mucho la coleta.

—Bueno, no me apetecía mucho hacérmela.

—Estás preciosa así, cariño. ¡Hasta luego!

Lola se marchó y Alma se comió un par de tostadas mientras veía las tendencias de Twitter: *Selectividad*, *Corrupción*, *#Freedom4Ducks*… Varias etiquetas eran las más mencionadas, destacando entre ellas el día en que se sabían las notas de Selectividad y la imputación de un conocido político español.

Entretanto, vio como uno de los perfiles que ella seguía había hecho retuit a *@Endless_Cupido*, uno sus seguidores más recientes.

Todos mis tuits son para ti,
y aun así me preguntas si me gustas.

Cinco mil retuits y doce mil favoritos. La cifra era abrumadora. ¿Cómo había ocurrido aquello? Hacía muy poco tiempo aquel perfil tenía apenas una decena de seguidores y ahora superaba los trescientos mil. Alma quedó perpleja. Se fijó en cómo aquel usuario solamente la seguía a ella, lo cual le extrañó aún más. Además, todos cuantos le seguían eran personas reales y no cuentas falsas. «¿Por qué me sigue solo a mí?», se preguntó Alma. «¿Cómo ha pasado de la noche a la mañana a ser tan conocido?».

De pronto publicó un nuevo tuit que recibió miles de interacciones en pocos segundos.

Nuevo vídeo: ME GUSTAS.

Alma dejó las tostadas a un lado y abrió el vídeo que aparecía en el perfil de *@Endless_Cupido*, que se hacía llamar *Cupido Infinito* en su traducción. El vídeo duraba unos dos minutos y medio. En él aparecía la silueta de un chico, acompañado por una música de fondo lenta y una serie de frases que formaban un hermoso texto.

Estuvo a punto de llorar de la emoción. Llegó a sentir todas esas palabras tan cercanas, que ella misma podría haberlas escrito. Algo le decía que ese vídeo estaba dedicado a ella. Por lo menos, las palabras que acababa de escuchar le sonaban de algo. Pero una frase llamó especialmente su atención: «Cómo me gustaría poder decirte toda la verdad».

Se le había quitado el apetito. Lástima que a Silvestris no le gustasen las tostadas. Cogió el vaso de zumo que tampoco había probado y subió a su habitación.

«¿Qué está pasando?», se preguntó una vez más. «¿Por qué todo esto me suena tan cercano y tan presente? ¿Es cosa de Álvaro? ¿Por qué solo me sigue a mí? Tengo la impresión de que algo no encaja…».

Encendió el ordenador de su cuarto y vio que el vídeo ya estaba en la portada de YouTube. Todos sus amigos de Facebook lo estaban compartiendo en sus perfiles. Se había viralizado en pocos minutos y Alma tenía sospechas de que Álvaro podía estar detrás de todo aquello. Fue la gota que colmó el vaso.

Suspiró. Si en verdad era Álvaro, quería saberlo. Y tomó una firme decisión. Cogió su móvil y le envió un mensaje.

—Álvaro, ¿estás conectado?

—Hola, chica borde. ¿Cómo va eso?

Álvaro contestó a los pocos segundos, y Alma, que prefirió ir al grano, preguntó:

—¿Eres tú quien ha publicado ese vídeo en Twitter?

—¿De qué vídeo me hablas?

—Es imposible que no hayas oído hablar de él. Está por todas partes.

—¿Es algo divertido?

Pero Alma replicó tajante:

—Álvaro, no estoy para bromas. Te quiero, pero hay muchas cosas que no terminan de encajar. He decidido que solo volveré a hablar contigo cuando estés dispuesto a darme respuestas sinceras.

El mensaje fue contundente. Alma se quedó mirando la pantalla del móvil con ojos llorosos, paralizada. No sabía si habría hecho lo correcto, pero, después de lo de la noche anterior, ella quería que todo estuviera claro, que no hubiera secretos. Percibía que faltaba sinceridad, y había decidido que esa relación no podía seguir así. Mejor, siempre, con la verdad por delante. Álvaro debía de haberse quedado helado al leerlo, porque no dijo nada. Ni aquel día, ni los siguientes…

26 de junio

Últimamente mi vida no parece ni siquiera mía. Empezó todo hace ya más de un mes y parece que el tiempo va tres veces más rápido desde entonces.

Muchas cosas han cambiado. Empezando por él, Álvaro, que me ha hecho sentir cosas que hace tiempo que no sentía.

Desde que él está en mi vida todo es extrañamente mejor, sin ni siquiera ser consciente del porqué. Temo estar siendo injusta con él y haber cometido un error. Pero mi decisión es firme. Quiero saber la verdad, aunque duela.

Plumas azules y blancas han ido apareciendo a lo largo de este tiempo en distintos lugares.

No sé qué pueden significar. Es como si algo me estuviera siguiendo y dejase un rastro a su paso. En ocasiones tengo la sensación de que alguien me observa por la noche, un ángel de la guarda que me protege allá donde voy.

Y, al margen de mis paranoias, lo he conseguido. He sacado un 11'20. Me he superado. Lo más sorprendente ha sido mi nota en Matemáticas: un 5. No entiendo cómo he llegado a él si ninguna de mis respuestas era correcta. No creo que mereciese el aprobado.

Puedo acceder a la carrera que quiero. Puedo cumplir mi sueño. Mientras escribo esto, me siento liberada. Tengo menos peso sobre mis hombros en este momento y tengo muchas ganas de enfrentarme a este nuevo reto.

La pena es no poder compartir este instante de alegría con él. Me encantaría estar entre sus brazos. Besarle. Pero no lo haré hasta que cambien las caras. Hasta que me diga la verdad.

Esos centímetros a los que me gusta estar de ti.
Ese desenfreno de sensaciones.

Cupido

28 de junio

Me siento mejor sin siquiera saber muy bien cómo.
Ahora es una de esas veces en que todos mis esfuerzos
Se empeñan en escuchar todo lo que sale de tu boca y mente.

Ahora eres igual,
Pero sin ser lo mismo antes visto,
Con tu único modo de burlarte de lo cotidiano,
El parecer idiota, sin serlo.

El aparentar lo contrario a lo que se es, pero al revés.
El ser feliz, sin tenerte a mi lado.

Aunque debo decir de momento.
Sí.
Hasta que toda esa distancia habida y por haber
Se rompa con una caricia
y con un beso.

Lo veía todo negro hasta que llegaste.

Qué poco nos faltaba a los dos para verlo todo de colores.

Alma

capítulo 29

DÉJÀ VU

Aquella noche, Alma volvió a soñar con el bosque que ya visitara en uno de sueños. Se encontraba entre centenares de árboles, aunque esta vez sabía dónde debía ir. Caminó hacia el almendro y, una vez llegó allí, le pareció que una chica de pelo largo se perdía entre los troncos. No estaba demasiado segura.

Se colocó bajo el almendro y se estiró boca arriba, observando un cielo límpido y despejado, con el sol escondiéndose en el horizonte. Era el mismo *locus amoenus* hecho realidad. Parecía que tan solo cerrando los ojos conseguiría elevarse al Nirvana.

Y el móvil sonó. Exactamente igual que la otra vez. Sin embargo, por mucho que lo intentó, no fue capaz de recordar quién la había llamado en aquella primera ocasión. Alma comprobó que se trataba de un número oculto. Cogió el teléfono.

—Él no es quien tú crees.

Automáticamente Alma se despertó. Aquella voz tan fuerte y ruda resonó en su cabeza. Estaba sudando.

Miró su móvil para ver si Álvaro había llamado, pero no había sido así. Alma no supo qué hacer. Hacía unos días que no tenía noticias suyas y eso había alimentado su desconfianza. Se había enamorado, pero tampoco estaba dispuesta a cometer el mismo error que antaño.

Abrió la ventana para que entrase un poco de aire y vio en el alféizar un puñado de plumas blancas amontonadas.

Un escalofrío recorrió su cuerpo. Contó más de ocho. Alma sopló y las plumas cayeron, perdiéndose de vista. Cerró la ventana, se dirigió al escritorio y cerró también el diario en el que tantas veces se había desahogado esas semanas. Regresó a la cama para intentar dormir un poco.

En ningún momento Alma había llegado a plantearse que aquellas plumas pudiesen ser de Álvaro. Tampoco podía imaginar que, noche tras noche, aunque el orgullo los pusiera uno contra otro, él permanecía ahí, observándola con uno de sus mejores perfiles. Sonriéndose a sí mismo.

«Qué difícil es esto del amor», pensó Alma. «Qué difícil es esto que hay entre tú y yo».

Últimamente nos castigamos demasiado.

Esto debe terminar.

No va a acabar bien.

Nuestro destino no parece ser el mismo.

Y te miro mientras duermes.

Tan hermosa y tan bella.

Tan frágil y tan fuerte.

Tan tú y tan yo.

Que le jodan al destino.

Cupido

3 de julio

Uno debe romperse en mil pedazos para ver de qué está hecho. Eso dice la gente que sabe acerca del amor. Lo triste es cuando uno ve que esas piezas han dejado de encajar y se tiene la sensación de que jamás nada será igual.

Recuerdo el día en que nos vimos por primera vez, mi absoluta admiración ante tus ojos.

Recuerdo cuando tuvimos nuestra primera cita. Tú tan cortés, yo tan en otro mundo.

¿Recuerdas el sabor de nuestros besos? Esas escapadas a quién sabe dónde que solo tú sabías. Esas tonterías y carantoñas tuyas de las que tanto me reía...

Creo que contigo he vivido tantas cosas en tan poco tiempo que sería imposible decirte todo lo que he aprendido a tu lado. Lo peor de todo es que creo que jamás conseguiré superar estas cosas que haces. Aquí me tienes, una noche más, llorando por ti. Prefiero no seguir dándole vueltas a que no me hables durante una semana y hacer como si nada, una noche más.

Me has cambiado la vida por completo y creo que no eres consciente de lo mucho que te quiero.

No entendiste mi concepto del amor; no entendiste que yo no estoy solo contigo para pasar una noche, quizá nunca te lo dije y por eso actúas como un extraño.

Quiero verte y hablar contigo. Quiero que vuelvas a repetirme que soy tu chica borde preferida.

Cuanto más lo pienso, más cuenta me doy de que eres un completo desconocido para mí, que no conozco a nadie a quien preguntarle si sabe dónde estás, si te ha pasado algo...

Dejas un vacío que solo tú eres capaz de llenar con tu presencia y tus tonterías. Te has olvidado por completo de mí y no sé por qué.

Intento evadirme cada día entre libros y vídeos; buscando algo que llene mi sed de ti. Pensando en cosas que me distraigan de esta larga agonía que supone tu ausencia.

Siempre estoy en lista de espera, siempre estoy escondida, aguardando que me dejes salir cuando te plazca, siempre ahí, de pie, esperando a que necesites que esté ahí.

Estoy algo cansada del frío de esta cama, no busco tu calor, busco una explicación.

Esa fragancia de vainilla que tanto te gusta hace mucho que no me la pongo. No hay ganas. No consigo encontrarlas. A tu olor tampoco.

Pasó que volé muy alto, en tus mil pedazos.

Mónica Carrillo

capítulo 30

TU ORGULLO POR MIS BESOS

El timbre sonó y Lola se acercó a abrir. Se quedó impresionada ante la belleza de aquel joven. Su medio tupé la dejó hechizada.

—Buenos días, señora —preguntó el recién llegado al ver que no le decía nada—. ¿Está Alma?

—Sí… —respondió Lola—. ¿Quién pregunta por ella?

—Soy Álvaro, un amigo de su hija —saludó—. Habíamos quedado hoy y la he venido a buscar. Como no me contesta al teléfono, me he imaginado que se habrá quedado dormida.

—Es lo más probable. Estando de vacaciones, no es raro que se levante pasadas las once… —reconoció Lola, reaccionando a la situación—. Pasa, por favor. Siéntete como si estuvieras en tu casa.

Álvaro agradeció la invitación y se adentró con paso seguro hasta el salón.

—Voy a avisarla —le comentó Lola—. Enseguida bajo.

Mientras Lola se perdía en las escaleras, Álvaro se metió en la cocina para hacerse con un vaso de agua. Abrió el armario donde guardaban los vasos y se sirvió el agua, como si llevase toda la vida viviendo allí.

Hacía ya muchos días que no hablaban. Alma estaba muy enfadada y disgustada con él, porque tenía la sensación de que no estaba siendo sincero con ella. Precisamente por eso, Álvaro había decidido darle una sorpresa aquella mañana e invitarla a la casa que sus abuelos tenían en la sierra, al norte de Madrid. Así, rodeados de aire puro y vegetación, podrían arreglar las cosas hablando cara a cara.

—Alma, despierta —susurró Lola, mientras sacudía a su hija ligeramente en el hombro—. Te está esperando un chico abajo. Dice que es tu amigo.

Alma abrió vagamente sus ojos.

—¿Un amigo? —respondió, aún adormilada.

—Sí. Dice que se llama Álvaro.

Como si hubiese dicho una palabra mágica, Alma pegó un bote de la cama. «Una chica sensata no bajaría. Pero yo necesito respuestas. Y si ha venido es porque quiere hablar», se convenció. Cogió la ropa que tenía preparada para el día y se fue directa a la ducha.

—Dile que enseguida bajo, mamá.

A Lola le hizo gracia la reacción de su hija. No había duda: aquel chico le gustaba.

Encontró a Álvaro sentado en el sofá. Mientras esperaban a que bajase Alma, aprovechó para hablar con él.

—Así que eres tú…

—¿Disculpe? —respondió Álvaro, torciendo el gesto.

—Tú eres el chico con el que ha estado saliendo Alma. Ahora entiendo por qué llegó el otro día tan tarde…

—No era mi intención que llegara tarde. Estábamos en una fiesta y…

—Sí, claro —le interrumpió—. Yo no he nacido ayer. Sé perfectamente lo que significas para ella. Alma nunca me cuenta sus cosas. Es incapaz de explicarle a su madre lo que le pasa porque debe pensar que nunca he tenido diecisiete años.

Hizo una pausa para respirar y continuó.

—No sé cómo es vuestra relación. Solo te pido que la trates bien. Es una chica frágil.

—La cuidaré, se lo prometo.

—A propósito, ¿quieres venir este sábado a cenar? Seguro que Aurelio estará encantado de conocerte.

—Claro, sería un placer —contestó él.

Álvaro estaba jugando con su móvil cuando Alma apareció en el salón, arreglada y lista para salir. Siempre que él estaba presente, cambiaba su forma de caminar para intentar impresionarle.

—Mira la hora que es —la regañó su madre, señalando su reloj.

Ella le sacó la lengua y cogió una manzana de la encimera de la cocina.

—Podrías habérmelo dicho, hija —susurró su madre para que Álvaro no la oyera.

—Mamá, no te metas en esto.

—No vengas tarde, cariño.

—Está bien, mamá —asintió Alma, dando un mordisco a la manzana—. Luego hablamos.

—Ha sido un placer conocerla —se despidió Álvaro, antes de salir por la puerta.

Cerraron la puerta y los dos chicos se dirigieron al coche.

—No me esperaba esta visita —dijo Alma.

—Ya ves… No podía permitir que las cosas siguiesen así —dijo Álvaro, antes de explicarle el plan para el día.

—Suena interesante —apuntó Alma, que estaba deseosa de obtener respuestas para todas sus dudas y de que aquella relación terminase de cuajar.

—Por cierto, tu madre me ha invitado a cenar este sábado —comentó Álvaro, abriéndole la puerta del coche.

—Me parece bien, pero antes tendremos que aclarar unos asuntos… —sentenció Alma.

Subieron al coche y pusieron rumbo a la sierra. Tardarían algo menos de una hora en llegar.

—Te queda precioso el pelo liso.

—Gracias —contestó ella sonrojándose—. ¿Estarán tus abuelos? —preguntó inmediatamente después, intentando disimular.

—No. Se han marchado de viaje —apuntó Álvaro—. Precisamente por eso vamos allí. Tenemos la casa solo para nosotros. Estaremos tranquilos, hablaremos… Y te voy a cocinar algo muy bueno, ya verás.

—Tengo ganas de ver qué tienes pensado —dijo ella esbozando una sonrisa pícara.

—¿Cuál es tu plato favorito?

—Me encanta la *pizza* y también el arroz. De hecho, podría vivir solo de arroz si hiciera falta.

—Bien. En ese caso te prepararé el mejor *risotto* que hayas probado en tu vida.

Alma le contestaba de buen humor pese a estar enfadada con él. No le apetecía discutir en ese momento. Ya tendría tiempo más tarde para eso. Prefirió centrarse en escuchar las canciones que iban sonando en la radio mientras recorrían el trayecto.

Llegaron a las inmediaciones de El Espinar, un pueblo del que Alma nunca había oído hablar. Era precioso. El típico pueblo de cuento, ubicado en la ladera de una montaña y rodeado de pinos. El camino les condujo a una cuesta tremendamente empinada. En lo más alto se atisbaba un hermoso chalet.

—¿Estás seguro que este coche podrá subir por ahí? —preguntó Alma.

—Claro que sí. Lo ha hecho ya varias veces.

A pesar del convencimiento de Álvaro, el mal estado del carril hizo que el coche derrapara y se saliese del camino. Alma se rio al ver que, a pesar de todos los esfuerzos de Álvaro, su flamante deportivo no respondía. Se había quedado atascado en el terraplén.

—¿Por qué te hace tanta gracia? —gruñó Álvaro.

—Porque la situación es graciosa —contestó ella—. Mira que te lo he dicho…

No tuvieron más remedio que dejar el coche allí. Alma no podía parar de reír. Por eso, nada más bajarse del coche, Álvaro comenzó a perseguirla. Ella salió corriendo hacia la puerta de la casa, huyendo de él. Parecía haber olvidado el disgusto de los últimos días.

—Como te pille verás, pequeñaja. No deberías reírte de los mayores.

—¿Y qué me vas a hacer? —le pinchó ella.

Alma llegó jadeando al final de la cuesta. Allí la atrapó Álvaro, ya que no tenía ningún lugar donde esconderse.

—Devorarte a besos —sentenció él, abrazándola apasionadamente.

Ambos se besaron como si fuese la última vez. Por un instante dejaron a un lado todas esas desavenencias que les habían mantenido alejados y dieron rienda suelta a su pasión.

capítulo 31

APASIONADAMENTE

Entraron en la casa. Alma quedó fascinada al ver su interior. Era moderna, de paredes blancas y grises. Los suelos eran de mármol blanco, tan brillante que parecía recién pulido. Unas escaleras de cristal conducían a la segunda planta. En el salón destacaban unos sofás de cuero rojo y una chimenea en la parte central. Alma se imaginó lo agradable que sería estar allí en invierno. Varias esculturas y cuadros abstractos vestían la habitación. Sin embargo, no había rastro de fotografías, lo que daba una sensación de frialdad y vacío, y alejaba la idea de un verdadero hogar.

«Madre mía. Esta casa es espectacular», pensó Alma mientras recorría los distintos rincones de la estancia.

—¿Y esto es de tus abuelos? Es flipante...

—Mi familia tiene muy buen gusto.

Alma se acercó a una estantería que había en el salón, donde le llamaron la atención algunos libros. Cogió uno para hojearlo.

—Quiero una casa así —dijo de pronto—. ¿Me has oído, Álvaro?

Al escuchar una melodía romántica de fondo, levantó la cabeza y se encontró con Álvaro. Llevaba el torso desnudo y la miraba con deseo.

—¿Qué haces? —dijo ella, sin poder ocultar una sonrisa. Colocó el libro en su sitio y dejó que Álvaro la sujetase por la cintura para besarla.

Al cabo de un rato, la cogió en brazos y se besaron una vez más. Alma acarició sus músculos, tensos por el esfuerzo. Recorrieron un pasillo sembrado de pétalos de rosas y velas encendidas que marcaban el camino hasta el dormitorio principal. Al igual que el pasillo, la cama estaba cubierta de pétalos cuya fragancia invadía el ambiente. La música acariciaba sus oídos. Alma estaba completamente anonadada.

Él la dejó sobre la cama con sumo cuidado, como si fuese una figura de porcelana. Después, entre caricia y caricia, fue desabrochándole la blusa. Alma le bajó los pantalones, dejando a la vista sus bóxers tan ceñidos. Álvaro se colocó sobre ella. Acarició sus muslos suavemente, haciendo que la delicada piel se erizase a su paso. Se besaron. Tiernamente al principio, apasionadamente después. Poco a poco fueron a más, dejando que su locura se desatase y sumergiéndose en un universo donde ellos dos eran el centro.

Aquella vez disfrutaron mucho más el uno del otro. Hubo menos tensión, menos preocupaciones y mucha más pasión y calor. Lo hicieron de todas las maneras posibles, dejando a la imaginación fluir sin límites. No querían soñar. Aquello era muy real.

Y lo hicieron.

Otra vez.

El reloj miente.
No dura lo mismo una hora contigo
que una hora sin ti.

Cupido

capítulo 32

POR AMOR

Fue una mañana cargada de pasión. Alma jamás había sentido nada igual. En ello pensaba al contemplar la espalda de su amado mientras preparaba aquel arroz.

—¿Estás seguro de que sabes hacer un *risotto*?

—No es tan difícil —reconoció Álvaro, moviendo la espátula sin parar—. Pones el arroz y vas añadiendo caldo hasta conseguir el punto adecuado.

—Está bien. Me fiaré de ti, aunque con esa toalla atada de la cintura no tienes mucha pinta de cocinero —dijo ella sonriendo.

—Eso es porque soy único.

—No lo pongo en duda —asintió Alma—. Voy al dormitorio un momento a buscar mi móvil. Quiero escribir a mi madre para que no se preocupe...

—No tardes… ¡Esto está casi listo!

Justo en el momento de coger su móvil, Alma la vio. Una hermosa pluma blanca destacaba entre los pétalos rojos que había esparcidos por el suelo. Frunció el ceño y, extrañada, la cogió. Aquello era más que una casualidad. Con ella en la mano, regresó a la cocina.

—Álvaro, tenemos que hablar.

Álvaro apartó la olla del fuego y observó la seriedad en el rostro de Alma.

—Hace tiempo que siento algo extraño —empezó Alma—. Siento que hay algo que me ocultas. Sin ir más lejos… Esta casa es preciosa, pero dudo que sea de tus abuelos.

—¿Qué te hace pensar eso? —replicó Álvaro—. ¡Claro que es de mis abuelos! Lo que pasa es que están fuera y…

—Sí, claro. Son empresarios de alto nivel con setenta años, ¿no? —le espetó ella notablemente enfadada.

—No precisamente —contestó él volviendo a ocuparse del arroz.

—Mira, Álvaro, necesito que me digas la verdad. Quiero que me cuentes lo que me has estado ocultando. Además, me gustaría saber qué tienes tú que ver con todas estas plumas —dijo, enseñándole la que había encontrado en el dormitorio—. Siempre aparecen cuando tú estás presente o cuando pienso en ti o…

Al oír aquellas palabras, Álvaro se acercó a Alma. Mirándola fijamente le dijo:

—Alma, si quieres toda la verdad, la tendrás. Pero, en ese caso, me veré obligado a marcharme para siempre. Si quieres conservar este amor tal y como es ahora mismo, debes aceptar esta situación.

Alma sacudió la cabeza, al borde del llanto.

—¿Cómo quieres que conserve un amor que vive en la mentira? ¿Tan difícil es decirme qué es lo que pasa?

—No puedo hacerlo, Alma —replicó Álvaro—. Créeme: si lo hago todo será muy diferente.

—¿Acaso hay otro amor en tu vida? —insistió Alma, temiéndose lo peor.

—Puedo asegurarte que no.

—Entonces… ¿Qué puede ser tan importante como para ocultar la verdad?

Alma apartó las manos de su cintura con rabia y se dirigió a la habitación dispuesta a recoger sus cosas y marcharse. Nada importaban los momentos de pasión que acababan de vivir. Seguía sin respuestas y estaba muy enfadada. Asió el bolso con fuerza y salió.

—Alma, no lo hagas, por favor —le suplicó Álvaro—. Quédate y lo hablamos.

—Estoy cansada, Álvaro —replicó ella sin mirarle a la cara—. Cuando quieras decirme la verdad, volveré.

Alma abrió la puerta y salió al jardín. Descendió por la cuesta con paso rápido, fruto de su indignación. Al llegar al lugar en el que el coche se había quedado atascado, se dio cuenta de que no tenía forma de regresar a Madrid. Estaba en un lugar apartado de la sierra, lejos de su casa. Desesperada, no tuvo más remedio que desandar el camino. Encontró a Álvaro sentado en el sofá.

—Prométeme que estarás conmigo, pase lo que pase, y que confiarás en mí —dijo Álvaro entonces, haciendo especial énfasis en las palabras «pase lo que pase».

Alma sintió un escalofrío al escucharle. Algo en su interior quería convencerla de que tenía buenos motivos para no contarle toda la verdad. Sin embargo, otra parte de ella le decía que no podía tolerar una sola mentira. Si lo hacía, aquello podía ir a peor.

—Alma, no quiero perderte —dijo Álvaro, besándole la mano.

—Lo vas a hacer si no eres capaz de decirme la verdad. Sabes que te quiero, pero hay demasiadas cosas que no consigo entender de ti. No quiero vivir en una mentira. No puedo hacerlo por más tiempo.

Álvaro suspiró. Se puso en pie y salió al jardín trasero. Ella le siguió. Rodearon la vivienda hasta uno de los laterales y, una vez allí, él se detuvo. Le dirigió una mirada seria. Alma esperaba que le dijese algo, pero no fue así. Para su sorpresa, se dio la vuelta e hizo ademán de marcharse. Pero entonces escuchó un fuerte aleteo y un soplo de viento recorrió la distancia que había entre ambos.

Alma no daba crédito a lo que estaba viendo. De la espalda de Álvaro habían brotado dos alas grandiosas. Ella se acercó unos pasos, intentando despertar de aquel sueño.

—Pero, Álvaro…

No estaba asustada. Más bien era asombro. Tal vez admiración. Y, una vez delante de él, las tocó. Eran suaves… y reales. Álvaro las desplegó en su totalidad y Alma dio un paso atrás.

—¿Quién eres, Álvaro?

La miró, le sonrió y le puso una mano en la mejilla.

—Alma, ¿acaso importa?

—Bueno… —le dijo sin apartar la mirada. Se hizo una breve pausa—. ¿Eres un ángel?

—No precisamente.

Álvaro alzó el vuelo. Sobrevoló el jardín bajo la atónita mirada de Alma. Era un vuelo elegante, majestuoso. Cuando descendió, un par de plumas se desprendieron de sus alas. Alma no pudo evitar coger una de ellas.

«Siempre ha sido él», entendió. «Él estuvo ahí y no fue capaz de borrar el rastro que dejaba a su paso».

—¿Por qué has venido? ¿Por qué has llegado hasta mí? —preguntó ella, mirando la pluma.

—Alma… Me marché de este mundo con la intención de no volver. No quería enamorarme de nuevo. La última vez terminó en tragedia y el sufrimiento fue muy grande —hizo una pequeña pausa—. Desde el primer instante me sentí hechizado por ti. No sabes lo preciosa que estás cuando empiezas a hacer tonterías o cuando duermes. No eres consciente de lo que siento por ti y del miedo que tengo de perderte.

—¿Por qué deberías hacerlo? —preguntó entonces Alma—. Esto no es lo más normal, cierto, pero no veo por qué debería cambiar nada…

—No soy de este mundo, Alma —confesó Álvaro—. Tú y yo no deberíamos estar juntos.

—Álvaro, ¿quién eres exactamente?

—Soy un dios. Soy… Cupido.

Aquellas palabras cayeron sobre Alma como una maldición. Al instante, sus ojos se cerraron y se desplomó irremediablemente sobre el suelo. Álvaro la recogió y, a pesar de todos sus esfuerzos, no consiguió reanimarla.

Dentro de la casa se oyó un ruido sordo, como si alguien hubiese reventado un jarrón en mil pedazos. Venus apareció por la puerta y se acercó con paso altivo hasta donde se encontraban los dos jóvenes. La brisa mecía su cabello, confiriéndole una belleza celestial.

Cupido no se molestó en mirarla. Solo tenía ojos para Alma. Quería despertarla, pero no podía.

—Duerme plácidamente —dijo Venus—. Déjala descansar. Ya has hecho bastante.

Álvaro se puso en pie, sosteniendo a Alma en brazos.

—¿Por qué, Madre? ¿Por qué lo has hecho?

—Estabas advertido —replicó Venus con frialdad—. Nadie debía conocer tu verdadera identidad y mucho menos debías haberte confesado a una mortal como ella.

—Madre, confío en ella. No es una mortal cualquiera. ¡Créeme! —exclamó, mientras se le desprendía una lágrima.

—Lo siento, hijo. No puedo hacer nada para que despierte y recuerde lo que ha vivido contigo —dijo dándose la vuelta.

Álvaro cerró los ojos y lloró amargamente.

—Siempre has dicho que cuando un dios se cruza en la vida de un mortal y desaparece, por la razón que sea, el mortal acaba olvidando su existencia. Si eso es cierto, ¿por qué le has hecho esto a Alma? ¿Por qué un sueño eterno?

—Así es hijo... Pero tú no te has limitado a aparecer en su vida, no has pasado por la calle como si nada —explicó Venus—. Has hablado con ella. Te has relacionado, os habéis besado... La has hecho rehén de tus instintos, la has seducido como dios y has jugado con una mortal. Si despertara, olvidaría tu existencia, pero no lo que sintió. Y, créeme, es mejor esto a que viva eternamente con el peso de haber saboreado el amor y siendo incapaz de encontrarlo de nuevo.

—Madre, ambos nos queremos —dijo Cupido con voz suplicante—. Yo no he jugado con ella ni con sus sentimientos. No puedo dejar esto así. No quiero que ella duerma eternamente. Quiero que podamos seguir juntos.

—Sabías lo que iba a pasar hijo —respondió Venus tajantemente—. Te lo advertí.

—¿No hay ninguna manera de solucionarlo? Por favor, Madre.

Venus sacudió la cabeza.

—Solo hay una opción, pero me temo que no es demasiado factible.

—Lo que sea, Madre. Haré lo que sea por ella —dijo Cupido, dejando el cuerpo de Alma sobre el césped y acercándose a su madre.

—Solo tu renuncia a la condición de dios podría conseguir que ella despertara —dijo Venus—. Es un sacrificio demasiado grande. Ningún mortal merece la pena hasta ese punto. Por eso no creo que…

—Sí… Lo haré.

—¿Estás seguro? Te recuerdo que, aunque despierte, no te recordará…

Álvaro contempló el cuerpo inerte de Alma. Le cogió de la mano y cerró los ojos. Alma llevaba el perfume de vainilla que tanto le gustaba.

Definitivamente, lo haría por ella. Con firme decisión, se llevó la mano izquierda al dedo anular de la derecha. Ahí estaba su anillo dorado con la palabra «Endless» grabada en él. El corazón de su divinidad. Con un fuerte tirón, lo arrancó.

Sintió como si le arrebatasen la vida. Un inmenso vacío interior, una falta de aire y vitalidad. Entonces, perdió toda noción del tiempo, desmayándose junto a su amada.

Venus contempló enmudecida la desgarradora escena. No podía creer que su hijo hubiese cometido ese disparate por una mortal. Entonces comprendió que tenía que quererla con locura para haber dado ese paso. Tenía que ser el amor de su vida. Tantas y tantas trabas que había puesto para evitarlo, pensando que era un capricho de Cupido. Y, al final, él había sido capaz de renunciar a su divinidad. Por amor.

Y lloró. Lloró amargamente.

Elimina este agonizante silencio.
Prefiero ese donde se oyen tus suspiros.

Cupido

capítulo 33

ROTA EN MIL PEDAZOS

Alma parpadeó. La luz era intensa y le incomodaba enormemente. Poco a poco abrió los ojos y fue recuperando la consciencia. Cuando por fin fue capaz de enfocar, se encontró en una habitación de hospital junto a sus padres y un médico.

—Hija mía, ¿cómo estás? —preguntó su madre. Sus pronunciadas ojeras delataban la preocupación que había vivido durante las últimas horas.

El día anterior les llamaron desde el hospital, donde Alma había ingresado inconsciente. La habían encontrado desmayada ante la puerta del centro. Su cuadro médico era sorprendente, ya que, en apariencia, estaba completamente sana. Los análisis demostraron que no había consumido ni alcohol ni drogas. Había entrado en un coma sin explicación alguna. Sus padres no podían creérselo. Hacía pocos días había hecho la Selectividad, se había graduado... Tal vez toda esa tensión le había pasado factura. Pero después de toda una noche en vela, se negaban a aceptarlo. Por eso, cuando la vieron despertar, respiraron como si hubiese vuelto a nacer. Alma sonrió al verles, aunque no tardó en sentir una fuerte opresión en el pecho.

Después de mucho esfuerzo, había conseguido la nota que necesitaba para entrar en Publicidad, había recuperado la confianza en sí misma y había hecho algunas amigas. Eso era todo lo que recordaba, sin embargo, un halo de tristeza la envolvía. Y no sabía por qué.

Cuando más adelante recibió el alta, sus padres intentaron que Alma les explicara lo ocurrido. Lo hicieron con mucho tacto, tal y como les habían recomendado los médicos. Pero sus esfuerzos fueron en vano. En el hospital les habían advertido de la posibilidad de que Alma sufriera pérdidas de memoria. Ella lloraba y lloraba, incapaz de dar las respuestas que ellos buscaban. Sentía con más intensidad que nunca la soledad. Su vida parecía no tener sentido alguno.

Intentó buscar algo de luz en su diario. Un nombre le llamó la atención: Álvaro. ¿Quién era? ¿Por qué no recordaba nada de él? ¿Quién era ese chico de la camisa blanca del que tanto había escrito? Tampoco mejoró su situación al encontrar un montón de plumas en el cajón de su escritorio. Sintió más tristeza aún.

Los días pasaron y la mejoría no llegó. Ni siquiera la expectación por incorporarse a la Universidad e iniciar una nueva vida en el mundo de la Publicidad a la vuelta del verano le aportaba algo de felicidad. Aquello no parecía importarle lo más mínimo. Estaba rota en mil pedazos. Lo peor de todo era que no sabía por qué.

Harta de la agonía de estar encerrada en casa, uno de aquellos calurosos días de julio salió a correr por Madrid. Llegó hasta la Rosaleda del Retiro donde, según su diario, había quedado con Álvaro en su día. Una vez allí vio cómo una pareja de deportistas se besaba, y la tristeza volvió a embargarla.

Las semanas pasaron y llegó agosto. Y un día decidió deshacerse de su diario y de todas las plumas que tenía. Se sentó ante el escritorio de su habitación y arrancó una a una las páginas, fragmentos de su vida. Esperaba que aquello aliviase su pena. Borrar aquellos recuerdos, para que la melancolía quedase reducida a cenizas. La ventana estaba abierta y se dirigió al alféizar. No había nada.

A pesar de que sus padres trataban de aliviar su pena, a pesar de aquel viaje a París que habían realizado juntos, aquel estaba siendo el verano más doloroso y horrible de su vida.

Alma,

Creo que he perdido todo lo que daba sentido al despertarme cada día. Todo se ha esfumado en cuestión de segundos por un error.

Te he perdido. Ya no estás. Seguramente habrás despertado ya, sin recordar absolutamente nada de lo que fuimos, sin entender muy bien qué ha pasado y por qué tienes el corazón destrozado.

Es doloroso recordar todos esos instantes que tú y yo hicimos nuestros y pensar que ya no están en tu mente, que lo has olvidado de repente. Pensar que llenamos habitaciones de caricias y lugares de color y todo ha prendido en llamas como si de Troya se tratase.

Recuerdo cuando te vi caer y no pude evitar ayudarte. No fue un error, nunca lo fuiste. No buscaba a nadie en ese momento de mi vida, pero tú me hiciste sentir que me faltaba algo. Que le faltaba aceite a mi reloj.

Poco a poco nos conocimos y tras esa timidez vi una gran chica incapaz de abrirse en canal y que lo hacía entre papel y bolígrafo, refugiándose en libros y en Internet. Una hermosa chica borde que me atraía sin igual. Esa hermosa chica de la poesía con ese gran escudo con el que pretendía barrer a todos, excepto a mí.

Esa estrella a la que tanto me gustaba ir. Quizá en algún momento llegaste a pensar que eras tú la luciérnaga, que eras tú quien daba vueltas alrededor del sol. No te diste cuenta de que siempre fuiste tú quien brillaba con más fuerza por mucho que yo tuviera un origen divino.

Tu forma tan humilde de decirme que me querías, la mía de jugar siempre con ello. No quise tratarte nunca como un juguete. Nunca quise romperte. No quise tratarte como la muñeca de trapo que tanto te gustaba cantar en el coche, ni mucho menos sentir que te utilicé. Nunca lo hice. Me enamoré de ti y no sabes lo doloroso que es para mí saber que nunca podré arreglar esto.

Busqué la manera de hacer que todo acabara con un final feliz. Esa manía nuestra de tener en cuenta finales Disney que chocan con la realidad. Esa manía mía de echarte de menos cada noche e ir a tu casa a verte dormir. Tan tranquila y preciosa. Me perdía en tus respiraciones, en las palabras que exhalabas estando dormida, en tu pelo, en tus labios...

Hoy por hoy solo deseo que pronto encuentres motivos para seguir adelante y estudies, como tantas veces me decías, la fórmula para seducir al consumidor.

A mí me sedujiste a cada instante. No hacía falta que abrieras mucho la boca, el producto en sí ya me tenía enamorado.

Hoy por hoy solo quiero que consigas encontrar a alguien que te diga lo hermosa que eres cada mañana. Alguien que te busque las cosquillas y que te cocine mejor de lo que yo podría hacer.

Hoy por hoy solo quiero que consigas ser la mejor publicista de este país y pongas tus honestos ideales por bandera.

Me llevé ese libro que tenías encima del escritorio titulado Guía Básica de la Publicidad *y lo he leído cada noche. Me he dado cuenta de por qué quieres ser publicista y de por qué he llegado a quererte tanto.*

No hay nada como vender la idea de algo que uno sueña y ponerle forma y eslóganes.

No hay nada como enamorarse de alguien e imaginarse en diversos sitios, cumpliendo metas y logrando sueños. Viviendo una vida juntos.

No hay nada como no ponerse límites ni fronteras en la vida. No hay nada como haberte conocido.

Y aunque nunca te dije todo esto, hay cosas que el corazón jamás será capaz de olvidar.

Te querré el resto de mi vida, Alma.

Cupido

Madrid no sabe estar sin ti.

Yo tampoco.

7 de agosto

Hoy no tengo palabras. No las encuentro.

Las he perdido en algún lugar que no puedo recordar.

Como a ella.

Era bella,

Hermosa,

Única.

Parecía inextinguible.

Lo fue.

La he buscado en tantos sitios que me pierdo

Tan solo pensándolo.

Empiezo de cero este diario un 7 de agosto.

Sin tenerla,

Habiendo perdido mi luz.

capítulo 34

SIMPLEMENTE CAYÓ

Un cielo gris, opaco, cubría el Olimpo, como si quisiese teñirlo de tristeza. Venus caminaba nerviosamente de una punta a otra de la sala. Hasta su cabello parecía haber perdido su esplendor habitual. Todo a su alrededor presentaba un aspecto mustio y falto de vida.

Marte estaba sentado en su sillón de terciopelo, taciturno, acariciando su yelmo de oro. Cuando ya no aguantó más, gruñó y se puso en pie.

—¿Te das cuenta de lo que has hecho? —gritó, lanzando el casco al suelo con fuerza—. ¡Lo hemos perdido para siempre! ¡Y a ti parece que te da igual!

—Mi amor… Puedo asegurarte que no ha sido una decisión fácil para él. Tenías que estar ahí para comprenderlo —respondió ella, clavando su mirada en él—. No debimos actuar como árbitros de su vida, sino como los padres que nunca fuimos. Le pusimos demasiadas trabas. Buscamos la debilidad, la fugacidad, lo efímero... Y yo he cometido el error de quererlo tener junto a mí siempre.

—¡Era un dios!

—Así es —asintió Venus—. Precisamente por eso traté de alejarlo a toda costa de las mortales. Siempre las consideré un peligro. Sin embargo, los hechos han demostrado que precisamente una mortal ha sido la solución para que nuestro hijo volviera a brillar.

Venus rompió a llorar. Nunca derramaría lágrimas suficientes por su hijo. Marte sintió compasión por su mujer y la sostuvo con firmeza. Ambos, fuego y hielo, se fundieron en un abrazo. Habían perdido para siempre aquello que más amaban. Con sus cuerpos entrelazados, salieron a dar un paseo por los jardines. A partir de aquel instante deberían seguir adelante con sus vidas sin Cupido, esperando cumplir mejor como dioses que como padres.

Diana había escuchado la conversación entre Venus y Marte, escondida tras una columna. Desde su regreso, presentaba un aspecto muy desmejorado. Sus ojos y su nariz estaban enrojecidos por el llanto constante. Su pelo, deslavazado, había perdido ese color blanco que iluminaba la noche.

Ahora sembraba tristeza allá por donde pasaba. Estaba afligida, como si algo la abrasara por dentro.

«Lo he perdido», supo al instante. «Cometí el error de ponerlo en el centro de mi vida, cuando nunca signifiqué nada para él. Le hice daño a Alma de todas las maneras posibles, sembré en ella la duda con la esperanza de alejarla de él y conseguir que él se fijase en mí…».

Salió de su escondrijo y se quedó contemplando el gran valle. Allí no llegaba el luto por la pérdida de Cupido. La luz del sol bañaba los árboles y las cascadas, en un claro contraste con su mundo.

«Me fie de una diosa que no sabía qué era el verdadero amor. Ni siquiera lo sentía por su propio hijo. Y él ha sido capaz de dejarlo todo por una mortal, incluso su propia divinidad. ¿Qué me queda a mí?».

Diana se arrancó su colgante plateado con forma de luna. Lo tiró al suelo y lo pisó.

«A mí no me queda nada», se dijo. «Tan solo el mísero recuerdo de los pocos actos buenos que he llevado a cabo y la esperanza de que al final él sea feliz como un hombre».

Fue el último pensamiento de Diana. Desde lo más alto de aquella montaña, despojada de su collar y en un mar de lágrimas, se lanzó hacia la nada. No se transformó en pájaro, no habría más rastros de plumas azules, no volvería a abrir los ojos nunca más.

Simplemente cayó.

Toda su vida se preguntó qué era el amor.
Lo encontró.
Lo intentó hacer perfecto.
No pudo.

Hizo todo lo posible para protegerla.
Lo consiguió.

Con todo lo vivido y aprendido,
No se da cuenta ni siquiera aún
De que él hizo el más alocado gesto
Que jamás pudiera ser contado en una historia de amor.

---

capítulo 35

LO HICISTE

Alma subió los escalones de la boca del metro, experimentando los nervios de su primer día como universitaria. Dejaba atrás un verano deprimente e iniciaba una nueva etapa en su vida. Se preguntó cómo serían sus nuevos profesores, los compañeros, los estudios... Se había preparado a conciencia y estaba deslumbrante.

Se encontró en una hermosa plaza donde los estudiantes caminaban hacia las distintas facultades. Ella, con un corto vestido azul claro, siguió las indicaciones que le llevaban a la de Ciencias de la Información. Su coleta se movía al compás de sus alegres pasos.

El edificio donde pasaría estudiando los próximos cuatro años era de aspecto viejo y presentaba bastante suciedad en su fachada. Cruzó las puertas de cristal y dirigió su vista a los pósters y pancartas que colgaban de las paredes de aquel gran *hall*. Estaba leyendo un documento en el que se explicaban las normas de uso de los espacios públicos, cuando un chico moreno y de pelo corto la saludó.

—Oye, bombón, ¿te has perdido?

—Estoy buscando el aula de Publicidad —respondió ella, algo sonrojada.

—Me temo que llegas tarde... La encontrarás en el lado derecho de la planta baja. ¡Suerte! —dijo, saliendo al exterior.

Aquello no era el instituto. La gente parecía más madura, centrada en sus tareas y sus vidas, y no tanto en hacer la vida imposible a un compañero. Al menos, Alma deseaba que fuese así.

Bajó las escaleras y se dirigió al aula indicada. Una mujer grande, con pelo grasiento y cara de pocos amigos, gruñó al verla.

—¿Adónde te crees que vas? —le espetó.

—Disculpe... Voy al aula de Publicidad, pero me temo que llego un poco tarde...

—En ese caso, podrás entrar en la próxima clase. El profesor no admite retrasos injustificados. Lo siento, tendrás que hablarlo con él.

—Pero, señora… —protestó Alma.

—¿Cuál es su nombre, señorita? —le preguntó, disponiéndose a apuntarlo en un papel.

Alma captó la indirecta. Aquello era la Universidad y no el instituto. Cabizbaja, regresó al *hall* de entrada. Se cruzó con un chico que corría en dirección a las escaleras.

—Si vas a Publicidad, te recomiendo que vuelvas por donde has venido.

—Tranquila, yo me las arreglo —contestó el chico.

Alma no tardó en oír los gritos de la desagradable mujer, impidiéndole el acceso al aula también a él. Al rato, el chico regresaba a la planta superior con el rostro compungido. Llevaba una cazadora negra sobre una camisa blanca. A medida que se acercaba, Alma distinguió en él unas facciones bien definidas y un pelo castaño peinado con medio tupé. No tenía pinta de ser alumno de primer curso. Era alto, de aspecto atlético y terriblemente atractivo.

Una vez se encontró frente a Alma, alzó su cabeza y la miró fijamente.

—Llevas un hermoso vestido —le dijo.

—Muchas gracias. A mí me gusta tu cazadora —contestó ella.

—¿Has visto la película *Monstruos S.A.*? —le preguntó de pronto.

—Sí… ¿Por qué? —respondió ella, intrigada.

—¿No te recuerda esa mujer a Roz? La secretaria que dejaba babas por el suelo de la fábrica…

A Alma le hizo gracia la comparación. Y fue esa mirada directa a los ojos de color miel la que despertó algo en ella. Fue un chispazo mágico que hizo prender su corazón.

—¿Por casualidad te llamas Álvaro? —preguntó ella, acercándose a él.

—Pues sí… Y tú no serás Alma, ¿verdad?

Ella asintió. No podía explicarlo, pero algo en su interior le decía que no era cualquier chico.

—Una vez escribí poemas sobre un chico vestido con la camisa blanca que me volvía loca… —dijo ella sonriendo.

—Yo escribí textos maldiciendo lo irresistible que era para mí una chica borde —prosiguió él, acercándose aún más.

—No sé por qué, tengo la impresión de haberte visto antes —dijo Alma. Su corazón palpitaba a gran velocidad.

—Puede ser —reconoció él—. Yo también siento que te conozco. Y que te quiero.

—Yo también te quiero.

Nunca fue cosa de la divinidad ni de sus fragilidades interiores lo que hizo que se fijaran el uno en el otro. No importaba su pasado. Daba igual el momento, el lugar y la vida. Eran dos almas destinadas a encontrarse.

POEMARIO

RANAS QUE DEJAN MARCA

No quiero un príncipe azul
Ni siquiera los que Disney se saca de la manga.

Por mucho que la gente piense que soy una niña
No voy a creer más en cuentos de hadas.

Quizá me cansé de gente como tú,
Que venía de príncipe y acababa en rana.

Pero de esas ranas que una vez te besan
Dejan marca
Para mal.

Yo era una más.
Cómo saberlo
Entre tantas mentiras.

«Decir» era lo único que hacías.
Tu verbo por excelencia, mal conjugado,
Como tus promesas.

Me decías que jamás me ibas a dejar,
Que nadie te había besado como yo.
Acabaste usando demasiado los plurales de indicativo
Y acabaste siendo un subjuntivo.

ESPINAS

Busco la felicidad desde el momento
En que te cruzaste en mi camino,

Pero lo que he encontrado han sido
Ojos llorosos y crueldad.

Mentiras mezcladas con verdad.

Te miro y millones de espinas
Se clavan en mi corazón.

Tú, prometiendo y prometiendo,
Fallando y fallando,
Víctima de tu propio engaño.

He buscado y he encontrado cosas que preferiría
No tener que explicar.

Miro al presente pero no olvido el pasado.

Una a una me quito las espinas que me has clavado.

Me miras y me dices
Que eres diferente,
Pero en realidad eres mucho peor.

Quiero que me mires a la cara
Y tengas que bajar la mirada.

Te sientas como un perro,
Te sientas lo peor de este mundo.
Entonces te sentirás como me sentí yo.

Adaptación de Sra. Karma-Espines

OTROS RESULTADOS A LOS ANUNCIADOS

Tuve claro que quería ser publicista
El día en que descubrí
A tu verdadero ser.

Entendí por ti que podíamos ser
Diferentes versiones de nosotros mismos.

Que me habías engañado
Y te había descubierto
Con otros resultados
A los anunciados.

Tuve claro que quería ser publicista
El día en que me di cuenta
De que no te quise a ti,
Sino a la versión que tú me vendiste.

Fue entonces cuando supe
Que yo sería publicista.

Así,
Gente como tú:
Escaparate de la mentira.

No vendería,
A mi lado,
Ni una sola promesa en falso.

EL PREMIO QUE NUNCA RECOGISTE

Se apagaron todas las luces al acabar la película.
El público quedó atónito.
Marcharon todos de la sala.
Solamente quedamos los actores.

En los créditos en los que
Yo era la protagonista
Y
Tú el mejor actor,

Vi cómo yo había hecho mucho más yo
Que tú; que ni hiciste tu papel.
Que tú; que ni asististe al rodaje.
Que tú; que ni la sentías tuya.

Recogí nuestro premio un tiempo después
A la mejor comedia dramática.

Aunque era más mío
Que tuyo.

Preferí no guardarlo en la estantería.
No valió mucho aquella película.

Lo veo ahora y digo:
Menuda porquería de tráiler.
Menuda porquería de historia.

EL HERMOSO CHICO DE LA CAMISA BLANCA

Hace un tiempo apareció una persona en mi vida,
Y pensé que sería alguien cualquiera.

Hace tiempo que pienso que no es así,
Y que pretende dar siempre lo mejor de sí.

Tengo miedo de equivocarme,
Y me utilice
Como me pasó una vez tiempo atrás.

Hoy he besado sus labios carnosos.
Creo que no hay marcha atrás.

Y lo prefiero.
Solo quiero continuar.
Solo quiero repetir.

POR TI

Cuando te conocí una alarma saltó al instante.
Dejó de responder absolutamente todo
Por enfocar mi mirada en tu existencia.

Dejó de importar todo
Cuando me di de alta en el servicio
De aquellos besos que acabaría echando en falta cada noche.

Me doy cuenta de la suerte que tuve en ese momento
Por tener las notificaciones activadas.
Por haber abierto los ojos antes de que llegaras a mi vida.

Contigo siempre vale la pena perderse.
Por ti siempre vale la pena gastarme la batería del móvil.

ÍNDICE